香国诗情

重庆市荣昌区文学艺术界联合会　主编

华龄出版社
HUALING PRESS

图书在版编目（CIP）数据

香国诗情 / 重庆市荣昌区文学艺术界联合会主编
. -- 北京：华龄出版社，2023.8
ISBN 978-7-5169-2541-6

Ⅰ. ①香… Ⅱ. ①重… Ⅲ. ①诗集－中国－当代
Ⅳ. ① I227

中国国家版本馆 CIP 数据核字（2023）第 098167 号

策划编辑	郭凤英	**责任印制**	李未圻
责任编辑	梅　剑	**装帧设计**	重庆市新亚文化艺术有限公司

书　　名	香国诗情	**作　　者**	重庆市荣昌区文学艺术界联合会
出　　版 **发　　行**	华龄出版社 HUALING PRESS		
社　　址	北京市东城区安定门外大街甲 57 号	**邮　　编**	100011
发　　行	（010）58122255	**传　　真**	（010）84049572
承　　印	重庆长虹印务有限公司		
版　　次	2023 年 8 月第 1 版	**印　　次**	2023 年 8 月第 1 次印刷
规　　格	889mm × 1194mm	**开　　本**	1/32
印　　张	11.875	**字　　数**	100 千字
书　　号	ISBN 978-7-5169-2541-6		
定　　价	63.00 元		

目录
CONTENTS

棠城·魅影

非遗·色彩

山水·风情

乡愁·乡情

哲思·意象

心香·独思

棠城魅影

有一座城市，每到早春，满城海棠争奇斗艳。行道树丛中，一抹抹艳红，让这个城市的早春无比灿烂。沿河两岸，各种颜色的海棠也是姹紫嫣红，在早春里尽情绽放自己的妩媚。

张爱玲在《红楼梦魇》中曾写道，人生有三大恨："一恨海棠无香，二恨鲥鱼多刺，三恨红楼未完。"海棠果真无香吗？唐代地理学家贾耽所著《百花谱》记载："海棠为花中神仙，色甚丽，但花无香无实。西蜀昌州产者，有香有实，士人珍为佳果。"说的是昌州海棠不但独具异香，还有美味佳果。

荣昌，古有"海棠香国"美誉，雅称"棠城"，即由此而来。香海棠高洁的品性渲染了这一方山水，也浸润了这一方人文。

海棠花

棠城魅影（组诗）

◎傅天琳

风雨濑溪河

仅仅因为在雨中，在雨中的濑溪河
因为这水制的丝绸
波光粼粼的宫殿
我喘息的笔尖，就不可抗拒地
随河心的瀑布腾飞与坠落

因为在雨中，在雨中我举着伞
走过斑驳的石板路
闻到古旧气息游丝般穿过万灵
我随身携带的流行词汇
在第一级台阶就开始跌倒

因为不小心跨过大荣桥
与牵牛的村姑擦肩而过
一步回到明朝
我就随时间在濑溪河里漂泊
掩映在一群奔跑的翠竹林中

仅仅因为雨还在下，雾还在涨
我就被气化，或者羽化
风随意翻动我隐秘的心情
这弥漫性的美丽感染谁来医治
大雨中我禁不住和古镇一样老泪纵横

下　午

水车的一角磨蹭着小狗
牧草磨蹭着牛羊
古镇磨蹭着时光

五百年前的下午是否也这样明媚
村庄也这样安详

三个妇女背着柴禾
高高低低走过大荣桥

我找到了静
静就是人的声音很小
风声，水声，植物的声音很大
油菜花在对岸高喊自己就是光芒

自己的琴

我们只能把一具音乐的躯体交给它
把长脖，削肩，细腰，肥臀的
唐朝女子，交给它

把吸附在一块木头上的力
浑厚的，精细的，柔婉的力哟

只有手中握着五千年流水的人
才能制作中国人自己的小提琴

那血液中奔跑的马群
那粉碎的水，大海的潮汐
还有桃，柳，海棠，在风中发出的颤音

当我们一搭弓，一揉弦
情不自禁就把信任、祝福和赞美
交给了它，这双粗糙的木匠的手

荣　昌

让我把三月的消息装进电子信封里
寄给你。你说这两天突然降温
大面积的雪还下得纷纷扬扬

而春天已从重庆最西的站台启程
花朵们手提晨光，一路高速
把我的情绪撩拨成一枝海棠

然后你就来了，顺着海棠大道往前走
你嗅到一片斑斓，你的手指
立刻沾满诱惑、神秘、花粉和欲望

你说你乱蓬蓬的思维
正与胡豆荚一起形成饱满的诗句
你写诗时只需记住两个字就行了
荣昌。繁荣的荣，昌盛的昌

在荣昌（组诗）

◎曾　鸣

声　音

——致制琴家何大木匠

与木头相伴一生的人
最终成了木头的知音
是的，他知道她们隐秘的去处
那些削肩细腰肥臀的声音
一朵　一朵　腼腆而羞涩
她们是木头深处开放的海棠
这个看上去粗枝大叶的人
他给她们修建宫殿　酿造美酒
为她们画画　雕塑
金屋藏娇
竭尽一切取悦她们
他每天把自己关在寂静的屋子里
等待她们的到来
他的眼睛随时闪现出梦境的颜色
他知道站在哪个角度可以倾听她们
在哪级阶梯能够看见她们的容颜和微笑
他想念她们的时候
常常拿起一段木头　轻轻一弹
脸颊立刻涨红
“她们来了！”
在别人眼里，这分明是痴人说梦

他经常把她们从木头里轻轻唤出
又轻轻送回
这个双手粗糙的木匠
已经被爱改变，他想弄清楚
让他为情所困的这些声音的内部
除了月光　花朵和水
还有什么
在今年春天的荣昌
我坐在他的对面，我知道
在他眼里，我仅是另一种发声体
——他总是从声音的角度认识世界
“声音是灵魂的钥匙”
说出这句话，一个木匠便完美转型
成为锁匠

折　扇

跟随一把折扇回家
在时光深处，辨认绸的光芒
荣昌在东，隆昌在西
唯有乡愁不分南北
有多少秘密掩藏在折叠之中
多少热血豪情，多少美梦憧憬
多少欢愉，惆怅，爱恨交加
多少欲语还休，壮志未酬
开合之间，这轻轻扇动的半阕蝶翅
曾催生多少惊心动魄
折叠一缕风，袖在手中
往事如烟，我在轻松中感受沉重

填四川

◎王　雨

西蜀一隅破败荒凉
虎啸猿啼贼人猖狂
寻父填川女儿登程
夫离子散途程茫茫
一双脚行走万里路
万般难难抵女儿强
女儿强，女儿墙
遮风挡雨抗人患抵御豺狼
一个瓷碗
一个念想
插占圈地勤耕耘
置业发家荣昌
天府之国天苍地茫
移民女儿绘制新装
种田织布开挖煤窑
泣血教子荣登皇榜
一双手织出彩锦来
万般事事在女儿刚
女儿刚，女儿墙
顶天立地树丰碑永世流芳
美的盛宴
心的飞翔
复苏四川千秋功
移民悲歌传唱

在荣昌（组诗）

◎罗雄华

濑溪河畔

匆匆半日游。大量游客和我相遇
有几个人去年游玩时见过面

我们都没有忘记过去的时光
说些老话，把宋朝说得更生动

黄桷树叶正在凋落，但它的根系
在石墙上攀爬，濑溪河水承载这个
巨大家族的倒影

且慢。在这一片浓荫里
坐着几个老祖母，纺织童谣

我们坐船回去。在每一处码头停留
聚齐所有老友，然后散落夕阳余晖中

古佛山上

有人说，登顶茶山才是终点
我愿在途中，留有仰望的空间

半山腰的风抽出腰刀
犀利，冷峻。俯视江湖之远

大镇渺小，一线白色建筑
太像海市蜃楼。连绵不绝的人类

在那里穿梭。他们用心应对
世间有许多人，一直都忙于别的事

地名：安富

来到安富，我爱上这个地名
我要把尚未出生的形容词，图案和颜色
镶嵌在这里的陶瓷上

游客来往都为它代言。他们带走的微小礼品
都是安和富，四散的村落和城市
都居住着吉和祥，幸和福

有一处安居地，就如寨主。人民安全自信
把早晨傍晚，把整天整月幸福的本金和利息
存储起来。一生如此，安和富

我和荣昌有个约会（组诗）

◎周冬梅

濑溪河

1

不知道是谁，把一幅水墨画丢在这里
婉约的风格，细腻的笔法，大胆的留白
唯美的意境，使我无法走出
也无法卷入，像一朵花那样
半开半闭，像一阵风那样
若即若离

累了，吃了几朵鸟鸣，品了几碟古词
渴了，取下几个月亮饮酒
无聊了，搬起六月这把竖琴
弹动两岸风流
醉了，随便一哈气，都是红肥绿瘦的诗句

这天然的美，使我有坠入的危险
这深深的爱，我无法拒绝
美，注定栽在美的手里

路边的花是名词，形容词
或者是濑溪河生动的偏旁
不管流水怎么无情
花儿们还是开了，谢了
然后义无反顾地掉进河里

2

不知道是谁，把一块玉丢在这里
温婉，细腻，高贵的质地
别人不敢爱，不敢恨
唯独万灵小镇这个古典美女
抛开琴瑟琵琶和折扇
褪去夏布粗衣，大大方方地把玉，佩戴在胸前
确切地说，那个位置，更靠近心
更靠近她的呼吸

这块不经雕琢的玉，浑然天成
有写不尽的风流，淌不完的故事
一双双眼睛在玉里，越发清澈
一朵朵在玉底，飞奔而去
一朵朵花蕊，在玉孔里，伸胳膊蹬腿
牢牢套住历史的脖子和古镇的香肩
一晃，便是千年，万年

3

不知道是谁，把一面镜子放在这里
一滴水融入另一滴水
一朵浪花开进另一朵浪花
一片云抱住另一片云
一棵树牵着另一棵树
他都喜在眉梢，开在眼里

小小的微澜，被水鸟轻轻一点
或者被船桨稍稍一拨
弦，动了；心，动了；魂，也跟着丢了

即便有几条鱼儿轻轻地游
即便有几朵荷花淡淡地开
即便有几只鸟儿静静地飞
也丝毫，找不回他的思绪

他的眼里或者心里
可以放下几座山，几艘船，一片蔚蓝
抑或是一行白鹭，两行翠柳，炊烟三五缕
却唯独放不下一个女子

一个从梦里水乡走出来的女子
一个从烟雨巷走出来的，山高水长般的女子
一个在望夫楼，望穿秋水碧波的女子

听说，那女子是水做的
还听说，那女子的裙摆，被镜子里的水打湿
娇嗔着一抖，就抖下片片红云，抖下一地诗句
抖下一船一船历史，一串一串音符

荣昌，我以一朵睡莲的姿势打量你

如果，不是鸟鸣把我叫醒。如果
不是观光客的脚步，不按套路出牌
我真的不想醒来。这种头枕诗句，脚踏琴弦
的日子。我不嫌多，最好有个千年，万年

荣昌，请允许我变成一朵睡莲
请原谅我的麻木，迟钝，以及宠荣不惊
何木匠的琴声，把我养大
那些美味的音符，不深，不浅，不肥，不腻
符合我陈旧的审美观

荣昌，请允许我以一朵睡莲的姿势打量你
曾经，那些建筑的阴影，高过我，高过我的青春
我只能一退再退，退回一口水缸，一块玉，一首诗里
退到城市之外，春天之外，红尘之外

荣昌，几年前，为了目睹你的繁荣
我只能一天一天地长，一瓣一瓣地开
不弄碎一点小幸福，也不走漏一点风声
我甚至一分一秒地吃斋，念佛，打坐，敲经文
只为保持一份清醒，两份淡定
只为垂钓你鱼儿一样的表情

终于，你的美，千呼万唤始出来
你的快乐，在大街小巷盛开
花草树木是重头戏，是大手笔
历史是你厚重的外衣
濑溪河的活水，像你的文化一样源远流长
不得不说，你像一棵伟岸的树

为了开出夺目的花朵，你摒弃物欲，世俗
高楼，工厂，你甩掉了老鼠一般短浅的目光
还原历史，还原自然，还原真善美的世界

荣昌，我在三十年河东隐匿
三十年河西醒来。只为在历史的长河里
充当你的一个字、句，或者，一个微不足道
的标点。曾经的我，很小，很忧郁，瘦弱
处在萌芽状态
现在的我，想和你一样，亭亭玉立地站起来
大大方方地盛开
如果有一天，我深红，或者浅红
那代表我对你，无可救药的爱

万灵古镇

大红灯笼，古老石阶，陈旧的青苔，雕花的阁楼
郁郁寡欢的戏台。不用一一细说
我已经进入历史，进入古代

喜欢折扇。曲曲折折，阳关三叠
诗句压着诗句，宋词比邻而居
元曲高歌而起，山水画鲜活，而又生生不息
随便一摇，都是大把的风生，水起

还有夏布。一寸一寸的光阴，钻在一根根纱里
足够饱满，足够孤独，千千结，为君系
一段一段文化，溜进袖口
深入，浅出，风味十足

甚爱陶瓷。装满梦里水乡的烟雨
装满历史的尘埃和记忆，沾染的，烙印的
铭刻的，是深入骨髓，或者化为灰烬的爱

踩在石阶上，就踩上了六月的心弦
所谓箭在弦上，不得不发
而我踩在古镇的心上，不得不疼
这些古老的，缺牙断齿的石阶
伴随着抓不住时间的青苔
更像一把钢琴。不管是白键还是黑键
都弹动着文人们特有的风骚
和小镇寂寞的心事
弹动着烟雨巷多情的风雨
只不过，一不小心，还是漏掉了一些光阴

罢了，从日月门到太平门，从拱桥到流水
到人家。从青藤，到老树，到阁楼
我都走不出古，也走不出老的这个孔
这个古镇。
罢了，就把心长住在此吧

在荣昌

◎罗明清

猪是幸福的。有针对性的大学、研究院；
越境跨界的论坛，网罗天下的美食工厂和市场。
猪为其代言。

猪成为荣峰河畔一个公园的主题。
在那里，它们被生动雕塑，深情颂歌。
有的憨态可掬，有的天真俏皮，有的恬然生趣……
波光粼粼，楼影婆娑。绿茵花草之间，它们千姿百态，幸福满园。

一头临街祈福的猪，满目慈祥；
一头项系佛珠的猪，神色里噙满超度……
一条蹬弹于妈妈舒怀的乳猪，小嘴仿佛刚刚离开丰沛甘甜的母乳；
翘望里渗透了乳香、好奇和满满的幸福。

仿佛没有杀戮、炒炖和烧烤，只有和祥、安泰和盈盈的福气。
猪，享有尊严，焕发人性。
忘却了肉身苦痛，淡化了云烟灯火。

那首歌，那个地方（组诗）

◎杨长虹

海棠香国

我看见，你从传说中走来
娇美的身姿千年不变
略施粉黛
盈盈秋水间，霞光满面

海棠花儿盛开海棠
香飘四海
引三只染指春天的蝴蝶
郁郁寡欢

被四月抬高的芬芳不怕燃烧
沉下的鱼，落下的雁
站满思念的枝头

在昌州这片生我养我的土地上
我唯一的夙愿就是
牵着你的手走过那千年铺成的红地毯

经堂村，她无法说出的籍贯

她翻开圣经，相识
一个叫玛丽亚的中国女婴
用不受欢迎的音调
擦拭蒋家大院衰落、斑驳的余温

教堂下，一个村庄诞生
信仰，扯过天空做被子
奶奶、父亲，失望的眼神迅速冻结成冰
心尖的伤痛渐渐蔓延

她爱着眼睛里的世界
昏暗的木板房、母亲的体温
甚至父亲焦躁的脚步声
和她辈分老大的头衔

她寻着天真，开始书写自己的一撇一捺
看着母亲的肚子再次隆起又蔫下
农事、传宗接代，锁紧父亲眉头
还未成熟的弟弟永远没能看到这个多彩的世界

她必须离开，把这原本就不该属于她的一切
留下。去指认另一种方式生长
在经堂村，一个姓氏的遗弃
抛出她流血的根

云在老地方等你

悬崖之上，有浪花动听的歌谣
相思重重，在春天一桩桩长高
无以言说呵，有些痛
比思念更长

春天在述说着远方
我在原地想念着空白的美好

云在老地方等你
擎着风，看暮色苍茫
一阵低沉
一阵疯狂

青山之外

青山之外，天地之间
一棵野草的梦呓

青山之外，看花朵绽放
陪她一瓣一瓣地开
一瓣一瓣化作泥
直到春天流干最后一滴泪
溪水谱完最后一首曲

青山之外，不说折柳
不说村庄里明亮的往事
不用明天欺骗今天

岁月在渡口卸下湿润的羽毛
请大慈大悲的风一并收走

青山之外，我想碰见一个叫大海的人
他慈目善眉的微笑
是我一生的等待

紫色的诱惑

带着羞涩
春天留给冬天的回忆
从一颗露珠开始入梦
肥沃的土地下甜蜜涌动
一万年的花开
一万年的等待
诺亚双手结出的老茧，开始发酵
那撩动心门的玉液琼浆
在殷商人眼里熊熊燃烧
甜蜜的波涛
穿过茫茫戈壁
浸润沧海桑田
熏香了布衣长袍
把幸福悄悄植入泥土

月光一样的情人

血液里，一层一层的灰烬
铺满脚下的路
恍若隔世的呼吸停留在生活之外

我用诗歌偶尔窥探到
一具躯壳很像我
月光一样的情人
云朵一样飘过
窗棂之上，灰色的天空
独自唱着灰色的歌

不装病，不用异样的目光
寻觅闪电和雷雨
我交出欢乐、痛苦
和一大把死寂的时间，只为
相遇前世，赎回今生

荣昌，梦一样的地方

◎郭永菊

逐　梦

北风穿透的日子
过滤光阴
点点滴滴中轮回——因果
孤独得出汗的时光
裁剪，轻浅成
爱心独有的目光静看红尘

折叠时间
在杯盘狼藉的桌面
检验奉献的纹理
剧终谢幕时
该如何撰写历程

可曾设想
命运底层的风
是怎么亵渎那些
单亲，孤寂终老的灵魂
是何等凄楚绝望
期盼阳光解读灵魂
风干被生活打湿的往事

释怀痛楚
纵然笑成苦涩的花
来抵御寒冬
逐一个梦去体恤
凝聚冷漠击碎一地的叶落
播下一方温馨的火种
温暖你我他

荣昌白猪

缤纷人间
冷暖一世情
仿若挂满鲜花的树梢
各色物欲
爱恋璀璨
艳丽而芬芳
点缀着世间所有情谊绊牵

我，自天宫降临
只因迷恋
那滚滚红尘中
馨香喷涌
有太多诱惑与眷恋
砍不断理还乱的不解之缘

客居荣昌
不思嫦娥恋海棠
恪守花开花落
哪怕历尽酷暑冰雪
行走刀尖入烈火重生

象征富贵至尊的祈福
让灵魂洗去铅华

云峰寺前
如绛白色祥云
典雅的憨态
挺一大肚
可笑容天下不容之事
一分禅意
点化红尘愁深似海的烦忧

荣昌，我可爱的家乡（组诗）

◎晨　曦

激情燃烧的夜

激情燃烧的荣昌
夜，像斟满诗意的酒杯
在除夕微醉的浅吟低唱中
年的液体流淌着
梦一样的春光

唐诗宋词的韵律
和平仄狂欢的欲望
从文化传承的精华中寻求断句
在翰墨醇香的诗笺里
举杯豪放

只因香国的母亲
望穿游子的归途把家的年味
烧成醉卧琴弦的饮者
让霓虹摇曳，礼花闪烁
吉祥的炮竹
将新时代的幸福炸响

海棠迎春

翻过一个个厚重的日子
你浓妆艳抹闪亮登场
在浓情蜜意热烈的拥抱中
万家灯火沸腾了团圆吉祥的梦
品足年味

在灵魂撞击春天
万绿的辞典里
寻觅诠释你青春的修辞
在沐浴快乐极致的欢聚中
亲情煮了又煮，用浓郁来润色
上下五千年文明的漫长与厚重

辞旧迎新迭旧梦
赋予黎明崭新的车轮
互道祝福与珍重
在一阕璀璨的亲情中
浓了风光旖旎的中国节
醉了万种风情的华夏梦

除夕夜

祥和沸腾了夜
许愿灯领航，幸福启程
鞭炮声声辞旧岁
烟花璀璨腾夜空
冲击团圆的亲情节拍

浓浓烟花恍若流星雨
闪烁着夜空，憧憬新的期盼
醉了红尘，醉了星斗
醉了年轮的约定，尘烟轻舞
守岁人盈满青丝，布满银发

重重的年味
包裹着城市和山村
游子匆忙的脚步走过街头
焐热除夕夜的风景
不夜的城市，在压岁的梦境中
开启春的契机

棠城的风情（组诗）

◎陈维宣

李家寨之夏

我猜想
安富李家寨
住户大多姓李
他们都是李子树的本家

我不知道
李家寨是不是
因挂满山坡的李子出名
但的确
去山寨的路上
结满了李子

无论新树老树
都竞相绽放夏的激情
都让果实饱含幸福和爱的味道
老树香甜
新树青涩

我们在树上
采摘绿水青山
和细雨纷纷的历史变迁

我们知道
李家寨的最大亮点是
李树山顶的荒草
掩映的断壁残垣
石头里我听到了枪炮声
我看见杜鹃花咳出鲜血

于是我向这些荒草致敬
向荒草中沉默的石头致敬
向寨门问了许多问题

现在我触摸寨门石壁
见证
脚下有烈士鲜血染红的沃土
和历史
把自己全部交给了
一往无前的铲车挖机和建设者们

黄葛树

我想，祖先应是这个样子
盘根错节，历尽沧桑
记忆中，父亲就是这个样子
铁枝铜干擎起茂盛的时光
母亲一把伞
撑开慈祥善良，守候踏霜的脚步归来

记忆中故乡就是这个样子
我们在绿荫的伞盖下攀爬猴窜
编织蝉鸣的网

鸟儿在树梢跳舞歌唱
蛇鼠穿梭枝叶，窥视雀巢

雷电劈不断
风暴掀不翻
你强大根系牵挂远方
穿透岩壁顽石
狠狠刺入我的心脏

黄葛树呵
故乡变化了一次又一次
你依然根藤紧抱，努力上升，努力张开
根须朝地下深犁，恰如我锋利的个性
你张开一把巨伞
撑起保护的欲望

于是，我终于明白
走向远方
就是走向一棵树
回归故里
也是走向一棵树

八月的棠城（组诗）

◎郭永菊

八月随想

八月，放开嗅觉
吸取一份荷香
荷塘蛙声
搅乱了一地惆怅
风暴躲在秋雨后密谋
为春夏的浪漫算账

濑溪河的波光
辉映着一朵朵蓬松的希冀
挂满天空飘进岁月的枝头
像红枫摇曳着
心中最后的那片绿茵
倾然落下

飘在红尘的雨丝
挑逗着春色
把着色的秋香洒落一地
淡淡的月光下
在约定的风中失散
沿着虚度的光阴
痴痴地笑出淡然的霞光

昌州风情

桑麻织夏布
包裹了文明的记忆五千年
夏有折扇凉风起
凉了尘缘深处
丝丝旖旎的梦痕

冬锄残雪
春种落花
凝聚诗意写丹青
醉了芳华
醉了尘缘
醉了千年文明的风沙

掬安陶的罐
用岁月沉淀的智慧发酵
酿一坛远古的酒
敬诵孝亲，孝德传承的大统
衍生文明无穷的魅力

白猪的尘缘深处
降落在昌州的故土
用沧桑的磨砺
书写人生的财富
只为在旅途遇见随缘的风景

岁月的神偷

光阴似箭
岁月的神偷
偷走了懵懂的少年
转瞬之间，便偷走了人生
掠袭了最美好的芳华

由中年
步入老年的旅程
数十年的牵挂寻找
一朝重逢，互道珍重
激动，喜悦，述说不完
千年不变的牵念

数十载积攒的情感之海
决堤，崩溃
酸甜，苦辣，咸涩
命运把岁月扭成蜕变的花
一朵一朵璀璨夺目
开在沧桑间
完成属于自己独特的人生

自然追求帅气与亮丽
时尚而年轻的心态
我们唱歌，我们跳舞
我们追寻着快乐和健康生活
一生不变的友情信仰

将日子一饮而尽

秋雨灌饱了夏日
让太阳落下泪来
从指尖滑落的季节
与午后两点的阳光邂逅

把创伤抹平
让往事随风
用一把蒲扇灼痛世俗
折扇扇出人情冷暖

一旦汗水
调侃烈日的味道
换回一箩筐
苞谷米的笑脸
塞进用爱风干的光阴里
滋养灵魂

竹篱笆下
围着日渐饱满的日子
端起酒杯
将其一饮而尽

掳走时空相隔的痛

轻踏岁月尘埃
如果爱情
是一杯穿肠的毒酒
只为醉卧的风姿

独舞成夕阳西下
断肠处，人比黄花瘦

让秋东篱把酒
暗香盈袖
看鸿雁远去
缕缕清香
凋零成深秋蒙蒙的细雨
消了芳魂

浅醉不休的神韵
盈满浓郁的色彩
款款飘来
像迷恋春的气息
浸染天边一抹灿烂的晚霞

入夜风寒
欲望把青丝
叠加成冷冷的霜
掳走时空相隔的痛
穿越千年
在那些发黄的字里行间

荣昌的侧影（组诗）

◎简云斌

春风吹着九叶青

四月，春风吹过荣昌无数的
村庄、梯田、竹林
她的手指，停留在铜鼓镇
一株九叶青花椒树上

她用阳光抚挲
这些羽状互生的叶片
让他们的爱呈奇数
五片，七片，或九片
从根茎到叶尖，散发一种异香
辛辣，带刺，又温中散寒

每一株九叶青
都像媚惑的辣妹
在风中尽情摇曳、喧哗
却不肯说出她们的网名

四月，斑鸠在山坡啼鸣
春风把五千亩绿油油的梦
安放在铜鼓镇
就折身往大足方向去了

半边寺

阳光洒在半边寺崖壁
村庄生长果木、稼禾与野草
也留下佛的踪迹

古寺早毁，石龛中
他的笑意依然清晰，安详
右手指着大地，左手捧着因果
向众生说法不倦

千年风雨未能湮没
那些虔诚的敬畏
人间烟火与佛界梵音互相参证
存在与时间的意义

此时，阳光万束，春和景明
半边寺一草一木皆有佛性
每一缕炊烟
都洞悉幸福的真谛

安陶小镇

拉坯机不停转动
从褐色的泥里，转出一个个圆
转出杯、瓶、罐、钵

他衣着寒伧，一声不吭
双手像刻刀
不停地删改着时间的形状

他怀揣火焰与釉
让岁月纯薄如纸，瞬间成为永恒

泥浆飞溅
他把在场的每一个人
都揉成了一团褐色的土坯

又到万灵

流水悠悠，石桥依然
古镇改名换姓。烟雨巷石壁
多了几分红尘的熙攘

那棵黄葛树还在，虬枝盘绕着
新翻修的吊脚楼
水车暗藏电机，吱吱呀呀
转不动青石板的旧梦

白银滩畔，大佛披金
赵氏祠堂成为打卡之地
艾粑、麻圆、黄凉粉的吆喝
回荡在岁月的桨声中

又到万灵，我的脚步仓促而散乱
尔雅书院的琴声传来
一曲是昨天的流水
一曲是今日的高山

小提琴博物馆

在万灵，我邂逅无数小提琴
它们来自世界各地
丢失了弓弦，像流浪的盲诗人
将寂寞与传说带到这里

博物馆宽敞、安静
所有的小提琴都垂着头
有的已入睡
墙上，大师们的面孔模糊不清

窗外的香樟树
是些慵懒的听众
濑溪河在远处流淌、消失

当一缕阳光穿过窗户
落在那些弦上，蝶翅闪动
我突然听到了满室琴声

走，到荣昌去（组诗）

◎唐胜才

一

走，到荣昌去，
荣昌并不遥远，与你没有距离
她在夕阳的东，重庆的西
巴蜀在这里紧密地融合交织
她有一个八十五万人的家庭
她已有一千三百年的年纪
她有广阔的原野
她有肥沃的土地
她所有的高山河流
四季常青无限锦绣无限美丽
这里有崭新的建设
拥有瑰宝般的古迹
这里的人们热情似火
好客的程度谁也难比
用浓香美味的卤鹅款待您
用五味俱全的黄凉粉款待您
用满城飘香的羊肉汤款待您
荣昌的特色小吃很多很多
吃上一口可以记忆一辈子
朋友，走！到荣昌去
荣昌欢迎您

二

荣昌有难得难寻难比的“四宝”
这不是随意在自我吹嘘
它们早已声名远播，充满魅力
夏布折扇白猪还有那
人见人爱的荣昌陶器
这是荣昌超越世界的特色特产
也是荣昌值得骄傲自豪的奇迹
我们祖先一代一代传承留下的遗产
今天的我们必须发扬光大百倍努力
要把荣昌建设得更加繁荣昌盛
不辜负荣昌二字的深刻含义
朋友，到荣昌来应该是你的首选
来到咱荣昌是你莫大的幸运
你到荣昌各地走走
一定是您一生的福气
万灵的古色古香亲水近楼
还有动人心魂的移民故事
您来时的渴望一定会变成
离去时的满满心仪
陶都安富的泥精窑变传扬四海
古镇新貌会让您流连忘返寻着知音
荣昌的第一高山如今嬗变惊人
青山绿水万般锦绣徜徉着乡愁和乡情
古佛山是我们拥抱大自然的第一美景
朋友，请到我们这边来
到处都有欢迎您的人们

三

荣昌是一座英雄的城市
千年来英雄辈出无法比拟
热血男儿义无反顾勇担责任
挥手间做出了一番轰轰烈烈的事迹
大明朝的第一清官喻茂坚
一道命令保护了成千上万的女婴
家训家风至今仍被人们传颂
张培爵勇敢地竖起反清大旗
在重庆首先响应民主独立
成立督军府支持辛亥革命
后来虽然惨遭袁世凯杀害
家乡的人民却在他的故土上
垒起了一座安葬他忠骨的墓地
那不屈不挠威武雄壮的铜像
是一座永远不倒的丰碑
深深地刻在荣昌人民心里
抗战的荣昌更是风起云涌
几万优秀的荣昌健儿勇赴国难
挥舞大刀与日寇拼杀在沙场
柳乃夫弃文从戎奔赴抗战第一线
血洒中条山的壮丽故事
表现了共产党人的坚强决心
化成了荣昌人的一种精神食粮
志愿军战士吕玉久舍身冲进火海
救出了八名朝鲜妇女的事迹
六十年过去了仍然生动感人可歌可泣
碧血化长虹，英雄虽然远去
但我们可以受到了深深的爱国主义教育
朋友，欢迎您到荣昌去
荣昌人民欢迎您

荣昌的大唐盛世（外一首）

◎唐胜才

寻觅，寻觅
寻寻，觅觅
欲寻回
千年前那消失的故都
欲寻回
千年前那飘香的海棠

海棠的故乡根在荣昌
海棠的故乡魂在荣昌
海棠的故乡骄傲在荣昌
海棠的故乡荣耀在荣昌
大唐盛世催生了荣昌
从此荣昌举世传扬

荣昌的大唐一直令人神往
荣昌的大唐一直创造辉煌
他与昌州结下了永世渊源
他与海棠变成了孪生同名
海棠香国是我们荣昌人
最可爱的故乡

千年的爱千年的情
千年的梦千年的寻
罗汉寺的老牌坊庄严作证

狮子坝的古城墙厚重文明
几度烽火，几度繁荣
花开花落，生息扎根
大唐盛世的荣昌
繁荣昌盛的荣昌
香海棠的故事可歌可泣

清流河畔棠堰飘香的传说
那是香海棠最美丽的花魂
千年不败的缘和根
香海棠故事的诞生和传承
让荣昌人充满了自豪自信
海棠香国的灵魂
让荣昌人凝聚了无比的力量
成为我们今天的创业精神
花开花落几番风雨
千年古邑再创辉煌
荣昌，我们向你保证
新时代的旗帜凌空飘扬

濑溪河情话

童年的记忆是最美好的诗篇
当濑溪河涌进我澎湃的脑海
那时的年龄可能还不足五岁半
印象中的濑溪河总是那么神圣
宽阔悠长
美丽笼罩着大河两岸
那高高的翠楠像母亲的身板
那么坚韧，那么颢然

任凭风雨侵袭总是那么豁达乐观
那河中的摇船好像母亲的双手
托着我行走在蓝天白云之间
那晃动的船身令人感到阵阵惊喜
犹如母亲手把手让我成长的摇篮
那木浆划出的哗哗水声
犹如母亲在我耳边唱着的催眠曲
让我快快长大，一生幸福平安
那滩口奔涌而下的清清流水
好似母亲的乳汁一般甘美香甜

我们喝着濑溪河的水长大
沐浴着新时代的阳光
但我从没有忘记她千百年来的苦难
特别是 24 个望娘滩的故事
让我们的心灵从小就树立了这样的观念
面对邪恶要敢于抗争
发生逆变也要终生孝顺
面对濑溪河
我们对母亲立下庄重的誓言

新筑的濑溪河防洪长堤
是魅力荣昌的体现
香海棠的花儿开放得更加绚丽多彩
濑溪河的情话
编成渔歌随着流水五洲泛滥
好一个美丽的荣昌，可爱的家乡
我们给你一个大大的礼赞

海棠花开的地方是我的家乡

◎侯正康

你带着千年芬芳
从盛唐一路走来
在昌州大地上生长
嫣红的花朵像美丽的祥云
给繁荣昌盛的地方带来了吉祥
开出繁茂
吐施暗香
如今
繁盛的海棠花
像一盏盏明亮的灯笼
照亮了荣昌儿女回家的路
染红田野山岗
如濑溪河的清流
源源不断滋润我的心房
离开家乡那天
正是海棠花盛开
我们在香国山上
看城市繁华
高楼大厦鳞次栉比
片片绿地交相辉映
海棠大道两旁的海棠花竞相开放
人们在洒满阳光的鲜花大道上
奔向远方
香霏楼下海棠公园

一群大妈
在动听的音乐中翩翩舞蹈
观音桥两岸
塞满斗艳的海棠花
人们在古老的桥上
如走在历史长河的长廊
伸手就能触摸过去与未来
我们在海棠花下
相依相伴
约定未来
相约来年的海棠花盛开
再登香国山
新冠病毒
像幽灵一样
阴魂不散
地球正上演人毒大战
什么奥密克戎、德尔塔、伽马、阿尔法
终将被人类打败
为热闹的年夜饭不成最后的晚餐
我们选择就地过年
除夕那晚
当我吃着眼前的外卖
就如妈妈那温热的三餐
当看到你在微信中发来家乡的海棠花
就像看到你开门时的笑脸
你看到的家乡明月
那就是我对你的思念
家乡的海棠花今年开了
明年还来
海棠花盛开的时节
不会太远

印象棠城：我们都在雅致地生活

◎黄裕涛

这是一座温暖的城市
忙碌而充实
和谐而安宁
初春的太阳照着她俏丽的面庞
以最灵动的姿态款款走来
高楼林立的身影渐次苏醒
施济桥、香国桥、海棠桥折射出优美的弧线
人民广场、黄桷树广场、海棠广场洒满金色的回忆
斑驳的树影下燃起火热的旋律
每一个高清显示屏都在倾情交谈
阳光撞开了畜科院宽厚的窗户
推开了高新区雄伟的大门
抚摸着棠城的每一寸肌肤
螺罐山、古佛山、岚峰山的翠绿开始拔节
这座温暖的城市孕育着勃勃生机
每一位棠城儿女都在摩拳擦掌

这是一座文化厚重的城市
喻氏清风拂拭每一个角落
培爵的举义天地动容
乃夫的呐喊穿透历史
文墨之香在子庄故里漫步
湖广会馆笑迎八方宾客
名陶之都频频向世界招手

憨态可掬的荣昌猪早已声名鹊起
折扇摇落你一身的浮躁
五彩斑斓的梦想写满了夏布
……
每一个时代竞相风流
每一处都有讲不完的故事
每一位棠城儿女都塑造着勇毅前行的精神

这是一座生态宜居之城
有点小家碧玉的味道
虽是惊鸿一瞥
却已流连忘返
满载万灵氤氲之气
一夜催开娇艳欲滴的海棠
小滩桥、观音桥、风雨廊桥写满了沧桑
悠悠濑溪逶迤前行
皎皎白鹭掠水而起
一湾碧水映丹霞
两岸翠绿掩步道
海棠公园、体育公园、玉带河公园各美其美
亭台楼阁、小桥流水、花香鸟语动静相宜
春风十里昌州路
卷上珠帘总不如
每一处细节都彰显出内外兼修的功力
过去与现在、曲折与希望、古老与新生
奋斗在接续中书写
每一位棠城儿女都是追梦人
每一位棠城儿女都是故事的主人公

荣昌的融合之美

◎余升结

小时候
荣昌是外婆的家
是舅舅们给的压岁钱
是天空的红气球
是热闹的东益当
是敖家巷的羊肉汤

长大后
荣昌是一种家乡的思念
是熊猫猪的故乡
是夏布的千年文化
是陶瓷的煅烧韵味
是折扇的摇曳凉爽

今天
荣昌是现代化城区
是天然氧吧的森林城
是环境优美的绿色家
是老百姓的宜居地
是国家卫生区

未来
荣昌是你
也是我
是这里的每一个荣昌人
它融历史融文化融民俗融精神
它融美景融人文融梦想融追求
融的是荣昌的过去和未来
荣昌就是我们
我们就是荣昌

繁荣昌盛之地——荣昌

◎晨　曦

驾上七彩祥云
装满前尘往事
追寻海棠仙子的幽香
落户荣昌

中国畜科城的星辉
照亮棠城，荣峰河畔
联升桥头的魂韵
璀璨了猪的诗赋长廊

相邻夏布小镇的非遗
梦艺廊桥下的潺潺流水
流进了岁月的谷底
梦幻的油纸伞
装点着昌州故里的沧桑
移民迁徙的脚步
蕴含了深厚的文化迁延

荣昌折扇的文风
摇曳香霏阁上白云悠悠
西大街牵着南门桥的手
滨河路人民路的双肩
挑起莲花广场的繁华吆喝

拉着黄桷树广场热舞
诠释着盛世棠城的蜕变

安陶，千年窑火
让紫泥锻造成精灵飞舞
近姻，远嫁

李家寨眺望古佛山
巍峨的脊背
万灵古镇的风情
越过华夏秋池生生不息

濑溪河，池水河
跳动着人杰地灵的乐章
荣峰河水流淌着
昌州八景神奇的故事
百竹园里
风曳丝竹的神韵
续写日新月异的传说

玉带河畔的秋景
子庄故里的春色
孕育东方梵高艺术生灵
与海棠仙子萦绕入梦
丰润典雅的风韵，对映
玉带烟雨
绘成山水美卷

古昌州，传汉风情浓
阙楼亭阁
雕龙画凤穿料木铆

在海棠晓月映照下
顾盼生辉又神采飞扬

倒影碧水的波光
融合在高速飞驰的
康庄路上
塑造千姿百态百花争艳
繁荣昌盛的荣昌

生活散记（三首）

◎陈维宣

擦皮鞋的女孩

此时，你的影子成为街边的小树
夏天赤裸的阳光
把你心事泄露

红色连衣裙迎风起舞
像一朵火苗

我应像你那样
抿紧嘴唇
对生活微笑
敬畏每一双鞋
握紧手中的擦子和抹布

你一次次把脚下的鞋擦亮
也一次次擦出我老泪纵横

夏

急雨可以证明
你在夏季站立
雷霆之下，电闪之中

你依然如故
只是衣服减少了
更多地暴露出本质的东西
于是女人更加楚楚可怜
男人赤裸得更像男人
这就是我喜欢你的原因
一切来得猛烈畅快
还有烈日下的伞
举起荷叶清风
亭亭玉立

与喻茂坚的对话

万灵古镇是荣昌一张名片
一条河流抱着一个古镇
斜晖照着墟落

您是古镇的光环
您身为宰相，一生清廉，两袖清风
所以，古镇清风徐徐

你的形象在古镇矗立
更应该在当今干部心中矗立
让他们一身正气
让硕鼠无处躲藏

我看见你无形的塑像
被人民的期盼擦亮

棠城风光（组诗）

◎张　雪

三月海棠

一束三月的春光
拨断了冬季的寂寥
挥洒出婀娜多姿的海棠
为棠城增添了一抹粉红
她似少女多情的娇羞
楚楚动人　温润如水

繁如群星的花蕊
盛开得格外热闹
在春风中尽情摇曳
含苞欲放　绚丽多彩
似浓妆淡抹的胭脂
浸染了棠城的春季芳华

春风笑海棠　如梦如幻
那束千般娇艳的花朵
摄去了谁的心扉
那抹万般旖旎的身影
掳去了谁的魂魄
都说海棠惹了春风
岂知春风早已倾心海棠

三月的海棠
独宠了觅爱追欢的情
藏匿了风花雪月的爱
花意浓浓　情缘深深
滑过季节的指尖
倚着时光灿烂绽放

夜游百竹园

夜晚的百竹园
清风微拂　暗影交错
空气里氤氲着桂花的香气
竟觉心旷神怡

暗夜里的路灯
为百竹园增添了魅力
璀璨的灯光勾勒出
园中的亭台楼阁
林荫小道　如梦似幻
错落有致的建筑
曲径通幽的小巷
枝繁叶茂的翠竹
宛如浸入了诗一般的意境

微弱的星光
为百竹园披上了一层薄纱
漫步在园内的青石板上
倾听着河水流淌而过的声音
偌大的园内竟是如此的安宁
惊觉一丝忧愁独上心头

在这寂寥又善变的尘世中
未来总是扑朔迷离

幸得友人作陪
未曾迷失在这孤寂清冷的园中
古有秉烛夜游　今有灯下畅谈
大自然告诉我们回归生命的本质
让我们在遐想的憧憬中徜徉
世间起伏飘落　循环往复
应无所畏惧　奋勇向前
让自己的人生
焕发出与众不同的光彩

游棠城绿道

绿道　青石　草坪
微波　晚风　石桥
一灯　一水　一木
行于棠城绿道
静静地倾听着
大自然的声音
落笔生花　捻字成诗

双脚踏于茂盛的青草上
耳畔有昆虫的奏乐
抬眼有夕阳的余晖
恰时
清风徐来　缠绕指尖
感受着自然的亲近

幸得知音入眼帘
一路谈笑风生狂
相伴而游赏风光
绿竹映河岸　杂草迎风笑
暗夜透紫光　准是夜钓人

一朵飞回故乡的云

◎陈　玠

从天涯海角起翔
一朵白云满载
琼玉的光泽
椰林的绿风
银浪的歌吟和舞蹈
湛蓝的诗句和远方
还有三十年
海风吹不散的
乡愁和向往

海棠香国
绽放
所有唇吻的胭红
父老乡亲
舒张
新楼林立的臂膀
将阔别的游子
拥入
滚烫的胸膛

古佛山采风
连石佛也合不上下巴
普陀村访农
引九眼莲竞相怒放
清江镇颂党百年伟业

赞红船劈浪乘风
绘就天安门旗海汪洋
翻卷的心潮澎湃
漫涌着无尽诗章

好一树向阳红梅
沐浴春光也感恩春光
把阳光的温暖
化为朗丽和芬芳
在棠香弥漫的故里
汇入花团锦簇的合唱
愿歌声响彻山山水水
长在霄壤间回回荡荡

童年的回忆——桥

◎谭洪荣

有人说
童年像品味一杯热的咖啡
那座悠悠的小桥
凝聚了多少故事和传说

有人说
童年是一支悠扬的歌
轻快　欢乐
稚气中夹着单纯　无忧

有人说
童年是一首诗
天真烂漫而不失婉约
童年是一幅五彩的画卷
生动而鲜明

有人说
童年是一个缤纷璀璨的梦
在人生的路上
那么耀眼
闪着独特的光芒

童年的记忆
从古老的桥上透过
梦中的岁月

如濑溪流水拓开风风叶叶
满山枫叶
映入秋水天蓝
人在画卷
映出月缺月圆遥寄情丝万里

濑溪河畔
古老的观音桥下
浮花隐玉　柔枝垂柳
波光粼粼的水面
由雨丝和霞光编织着梦幻的色彩

轻漫的回味
关于童年的点点滴滴
犹如夜晚天空的星
数也数不清

荣昌，我在回家的路上

◎安服嘉

脚下一寸土，头上一片天。
那时，背上行囊，揣着梦想，远离家乡。
也翻山越岭，蹚过泥泞，
亦走上红毯，伫立山岗。
而今仔细回想，所有的路途都不及在回家的路上。

车窗外的景不停回放，我似乎
已经看见这个被赋予繁荣昌盛，
而具千年历史的渝西明珠——荣昌。
清晨，万灵古镇的青石板路，开始诉说
湖广填四川的景象；
闲暇间，小桥边嬉戏的孩童，倒映出
濑溪河畔青梅竹马的模样；
夜幕的昌州故里灯火辉煌，散步的人们拂过路边的杨柳，
呼吸着清新的空气，谈笑着一天的趣象；
螺罐山上的香火依然很旺，虔诚的人们
总在大年初一的子时，
紧扣双手许下来年美好的愿望。
汽车马达声响，我似乎已远远听到，
仲夏时分折扇被打开时的呼啦声，
盘龙夏布编织厂发出的吱嘎声，
安陶博物馆内手捏陶器的沙沙声，不绝于耳旁。
而我最熟悉的还有家乡的方言，
总让自己忍不住嘴角上扬。

一路上都充满着泥土与树叶交织的清香，
可为何我心心念念着闻到了卤鹅肉，
羊肉汤、黄凉粉、铺盖面……
还有母亲手底流淌的独特味道。
这座城市其实很小，走在街上，不时
有熟悉的朋友热情问好；
这座城市其实很大，荣昌猪的名声
已经昂首走在世界八大强。
海棠花无香，但她只要绽放，
便吐露出了荣昌人对这片土地的爱与柔肠。

脚踏一寸土，头顶一片天。
如今，拉着行李，带着想念，回到家乡。
不管是康庄大道，霓虹灯闪耀；
还是异国旅途，66 号公路绵延修长。
仔细回想，那些走过的每一段路，
都不及我在回家的路上。

海棠满城

◎阿　普

你就是那一位
浑身上下挂满红艳的奇女子
从一段传说中走来
一路花枝招展
从不给任何一个伟男子
屏息的机会

国因你而香
在这座城市
你红艳无比
把属于你的娇柔灵秀
全部委与一群
墨迹斑驳的人

你点燃了这座城
这座万灵朝山的城
曾经关于战争
关于灾荒
关于爱和恨的往事
都被你置于脑后

你给这座城市
发布新闻
让所有飞翔

奔跑、欣欣向荣的故事
在这里公然于众
家喻户晓

你赋予英雄以香国之魅
让大将军
把风和云幻化在巴渝之西
让爱民之臣
灵化万物
名垂千古

你掀起了濑河之潮
把红日之红
与你的香国之香
铺天盖地
滚滚而来
汹涌澎湃

你是这座城市的灵魂
铁的身躯里
种着春
酿着夏
喧哗着秋
冷静着一场冰天雪地

我们拥有你
你拥有这座城市
与你对歌
饮茶和连日连夜的劳作
我们创造香
缔造红艳

濑水潺潺
鹤舞滨草
你这红艳的奇女子哟
我将追随你于斯
守着这座山水之城
畅想明天的欢心

荣昌，我们为你自豪

◎李德佑

历史的长河
翻滚着昨日奋斗不息的波涛
时代的琴弦
弹奏着今天灿烂辉煌的旋律
和煦的风
给我们送来缕缕清香
荣昌的美
让我们独领渝西风骚
荣昌——一片值得骄傲的热土
在这片热土上
凝聚着荣昌人民的自尊和骨气
在这片热土上
滋生着改天换地的力量和信心
在这片热土上
我们驾驭着追求之舟
向着理想的彼岸奋力航行
我们，用智慧的头脑规划
我们，用勤劳的双手播种
我们，用滚烫的汗水浇灌
我们，用不懈的斗志拼搏
八十多万荣昌人的奋斗激情
如火山迸发的岩浆
多么鲜红的高度
多么有力的凝聚

多么豪迈的情怀
多么执着的追求
终于
一个普通的小县城
变成了繁华的区域中心城市
无论街道，还是乡村
到处都挂满了致富的硕果
无论公园，还是超市
到处都是幸福而惬意的脸庞

呵，荣昌，我们为你自豪
如今，你已是一座响当当的畜牧科技城
那白生生肥咙咙的荣昌猪
以它那皮薄肉嫩、质好味鲜的特色
受到广大消费者的喜爱
以它那抗病力强、出栏率高的优点
获得所有养殖者的青睐
还以它那无私而宽宏的肚量
以及良好的声誉和专家评定
一举摘下“世界名猪”的桂冠

呵，荣昌，我们为你自豪
透过历史的眼眸，我们惊叹
荣昌夏布，源远流长
汉代便已编织，那时称为蜀布
经过无数岁月的磨炼
如今工艺越来越精
看吧，它轻如蝉翼，薄如宣纸
平如水镜，细如罗绢
坚韧耐用，光泽莹润
凉爽理汗，舒适宜人

古朴漂亮，美观大方
不但在国内市场走俏
而且还出口欧美、南洋
为国家赚取了大量外汇
还有荣昌折扇，明初便已流行
它精致典雅，小巧玲珑
它美观实用，携带方便
它精逾鬼斧，巧夺天工
那真是
“占尽三巴风月，凉生两戎河山”
不但是中国三大名扇之一
而且还与夏布一起列入了国家非遗名录
更有那荣昌陶器
宋代就已建窑生产
它既是生活必需品，也是珍贵的艺术品
体形优美典雅，色彩绚丽光洁
装饰古朴大方，选料独具特色
因其胎薄质坚、载誉四方
而列入了重庆市非遗名录
回顾和讴歌荣昌的历史
我们怎能不自豪
荣昌这片热土孕育了瑰丽的传统文化
几千年的文明如圣火般把我们照亮
看吧，江山如画，处处诗意酣畅
看吧，大地锦绣，人人神采飞扬

呵，荣昌，我们为你自豪
我们站在岁月的肩膀上
用敏锐而明亮的眼光远眺
胸中便有一种排山倒海般的气势在起伏
心内便有一种雷霆万钧般的力量在激荡

每一个奋斗目标都有我们金色的梦想
如今，我们不再守着清贫与自足
而是以挑战者的形象出现
而是以征服者的英姿登场
呵，荣昌，我们为你自豪
同时也明白，而今的时代
是一个承前启后的时代
是一个日新月异的时代
是一个继往开来的时代
我们肩负着沉甸甸的嘱托
我们憧憬着更美好的未来
在濑溪河那日夜不息的流淌声里
我们聆听到一种经久不息的激情
在万灵古镇的青石桥上
我们凝视到一种千年未变的真纯
在香霏楼阁的顶层上
我们感悟到一种雄浑与深沉
我们把祝福写在脸上
我们把期盼写在心里
我们一定会用苍劲的大手
为荣昌抒写新的锦绣篇章
我们一定会以坚定的信念
创造出荣昌更骄人的辉煌

夏日黄葛树下

◎梁堂军

春夏之交
荣昌的黄葛树呀
就趁着雨水
吸饱喝足，深贮地下
待到立夏
这一株株黄葛树
早已枝繁叶茂，葱绿如纱

夏日黄葛树下
男人们摆开小方桌
浓荫里
沏上一壶好茶
或三五好友聊天侃地
方寸谈笑人间世态
博弈不辨输赢高低
或一人仰面闭目独享
虽是身在烟火人间
却似神游万物无他

夏日黄葛树下
老人们拉开夜的序幕
落日中
扯开坝坝舞的亮嗓
欢快人生踏出整齐步伐

微笑青春映着夕阳西下
静坐树下回味过往
树如人生安守一方水土
人生如树更换春泥护花

夏日黄葛树下
酷暑时节孩童最贪玩
骄阳边
或爬树杈摘叶花
或寻蚁虫过家家
听他们童言童语话童真
看他们童心童乐有童趣
赤子初心伴随幸福成长
咿咿呀呀追着童年尾巴

夏日黄葛树下
一天天，一年年
深藏炽热活力
绽放繁华生命
黄葛树下夏日
周而复始
生生不息
好一个昌州人家

棠城，我的家乡

◎胡宝林

那扭着纤腰的杨柳
伸着小手欢迎我
潺潺的溪流
哼着小调迎着我
潜在水里的鱼儿
吐着一串串珠儿跟着我
翩跹的蝶儿在前面带路
树上的鸟儿吵着
要为我唱歌
路边千姿百态的花儿
为我竞相绽放
我热恋的濑溪河啊
你那羞答答的少女模样
何人何时为你抹上了
这灿烂夺目的嫣红
你那朦胧苗条的身段
又是何人何时为你
量身定做的这套华衣

常在梦中萦绕的家乡啊
那无言如山的父爱
那柔和如水的母爱
那浓于水的手足情
那一双双满眼的牵挂

那一串串断线的珠儿
那一声声哽咽的保重
那一只只挥动的手臂
那想留住的场景
那不忍再看的画面
当初我的离去
是为了军功章更加的
神圣和绚丽
如今
我带着游子的思念
和满腔的激情投入你
热情的怀抱
不舍离去
我的亲情
我的友情
那浓浓的乡情
那纯正的乡音
那浓烈的高粱酒
都是我留恋的根
我的余生只想醉倒在
你温暖的怀抱里

非遗色彩

看到“非遗”二字，总会让人联想到那些正在消亡的民间传统技艺。古代科技落后，在传统“三百六十行”里，每一行都有独特的技艺和经营模式，在历史的进程中，演绎出了无数人间的悲欢离合。

荣昌三大国家级非物质文化遗产项目是陶器、折扇、夏布，至今仍在使用的传统技艺造就了这三大非遗的独特魅力。而孕育这三大非遗的土地，更是蕴含着远古历史的韵味和文化内涵，一炉窑火，一副扇骨，一架纺车，从遥远的年代走到今天，窑火依然旺盛，扇骨依然挺立，纺车依然运转，虽是人力，却是情怀。

夏兴窑（阶梯窑）

夏布折扇

陪友访荣昌夏布和陶（外一首）

◎江　娃

经过一个夏天又一个夏天
美好出现
我们偏是借春风之手，在荣昌
在海棠香国
于平凡中触摸到不平凡
透过陶器看到自己的遥远，轻展夏布
听到苎麻的呼吸
用涟漪将一段段素静时光
梦一样荡开

此时，不需要花错开，鸟乱叫
上午安宁
在小店，文文静静
看夏布
如何看我们
展的
听白月亮，用白月光
在夏布上把话说明白
白如白玫瑰，白栀子
白茉莉
让心静如瓷
感觉到，必须把纯洁放在这里

此时，不需要冷窗户，冷镜子温暖里
甚至火热中

我们体验到，从陶器捧出的红泥体温
时间塑造，星辰燃烧
静听红泥
道出谁是陶的始祖，谁是火的传人

我们保持静默
虽然身体中有狂欢
但只将专注的目光
移动于
一季成苎麻，成纤维，成夏布
成赞美的过程
我构想的诗句之茎上
长出了苎麻的银色绒毛
她的长裙子，荷花低语
道是素帛
添上素花，当为最好

我们牵手
在陶馆，走过各式各样的陶质器皿
就有了
形形色色的泥色欣喜
仿佛在经过宿满春之气息的大地
寻觅出
泥的向往，火的诞生，陶神的来临
他请我们，用陶瓶插上金麦穗
用陶盂供养白水仙，用陶壶去盛酒浆
喝它个美人微醺，花开半醉

那么，在这样一个全新的春天
为什么
我们总是念着夏　想着布

以及它们组合成的名字：夏布
为什么
我们总是念着泥　想着火
再添上一个硬朗的称呼：陶
我的眼前显现锻红的天空
她的环顾
升起不熄的记忆

哦，在荣昌，在海棠香国，在春天
我们多么想化身为夏布
制旗袍
制扇子，制回想，制怀念，制梦寐
我们又是
多么想化身为陶
记住泥与火，记住抟与揉
记住胚与胎
记住器与物，记住从前、现在和即将
特别记住
不忘却

在夏布上轻描浅吟

我在旗袍上同你相见
轻描浅吟
是布上的秋池里，枝枝荷梗亮着的绚辉
与早春的二月蓝
初夏的绿藤萝相呼相映
再加上
一对红蜻蜓四翅的旧事花影
便有了薄如蝉翼的静好时光，淡了花团锦簇
多了硬瘦默想

让我在莲蓬的胎里，依然称自己为婴儿
这时有一把纨扇走过来，握在美人之手
那圆圆的画框，框内是月亮传说
框边是洇青的光色无语，仿佛走了忧伤
挽留住梦，当爱没有阴影
我用雀声和阳光
在夏布上
缓缓描画，轻轻抄写
画我在秋池畔，自成夜雨，每两滴都是冒号
这冒号会被认成重叠的喜泪珠子
写我胆小，因你
摁住快乐的心跳，不同八月平分秋色

荣昌·陶

◎郑劲松

或许，陶也是一种逃
从泥土出逃，从乡村出逃
从远古，从现实主义中出逃
一件陶器在烈火中永生
陶艺师却无法脱胎换骨
雕刻时间是唯一的命运
刀尖、指尖闪动的光芒
必须和目光高度一致
佳期如梦而柔情似水

陶，有一种凝固的力量
风刚吹过来就被揉进泥里
雨雪，闪电，雷鸣，鸟啼
以及阳光，溪流，往事一一抵达
又一一归于宁静
随后，千万次的旋转犹如岁月轮回
抚摸时光的皮肤犹如抚琴而歌
一张唱片就这样循环往复
而天荒地老

是的，仪式如此神圣
像女娲抟土造人四野静穆
这捧泥土有血有肉有骨骼筋脉
有灵魂与性格甚至流淌着花开的声音
只有陶艺师才能听到泥土的呓语

听到火焰的叮嘱，听到天地的呼唤
人生如陶　陶艺师再难听见自己
再难回到水草丰美的土地

陶，是一种生活哲学
在荣昌的这条小街
重新定义了泥土、岁月和生命
如此幸运　一次死亡一次重生
以诗和音乐，以禅和茶的方式
这泥土如此高贵
如此丰富地活在人间

陶，也是一种朴素的信仰
总有一种卑微可以走出泥沼
被供奉，被品味，被吟咏
在精神的高处优雅安静
自由自在

安陶小镇（组诗）

◎罗明清

安　陶

安富的陶
出生于安富的陶泥
骨子里
渗透了安富的气息

走出形形色色的窑
走出安富
走进大千世界
走过历史的烟火

有的成为器皿
盛茶，盛酒，盛春秋
有的走秀庭院
养眼，养心，养情志

还有的破碎在路上
魂牵故乡

破碎的陶片

依稀可见
一双双灵巧的手
一窑窑蹬堂的火

袖笼里的陶市
湖广填来的四川

情怀与沧桑
都沉浸在满目斑驳里
神色木讷
犹如告老还乡的泥

出土的陶

身世
不停地被人炒作

从泥土中来
回到泥土中去
已然圆满的一生
又被人从泥土中
掏出来

重涉人事
身价一步步走高

赌 窑

赌的是那些经手的泥坯
在一窑烟火里的造化
是人的一种陶盼和心愿

烧窑，封窑的日日夜夜
泥坯和人心，都在一个窑里
神会与交融

火熄烟灭
泥的命运和人的运气
就只待窑门洞开

安陶小镇

迎着陶土的光芒和馨香
走进那只坛。你就是一道滋味的菜
把接下来的时光
泡淡

你会成为一块蒙尘的陶片
出土举盏邀杯的汉代
会在一只笔洗的窑变里
感叹唐诗之美
宋词之艳
会情不自禁迈上清代的阶梯
随一窑柴烟级级升迁
也会挎上那一壶民国的情怀
义无反顾奔赴抗击倭寇来犯的前线
你还会神清气爽站立当代
气宇轩昂展望未来

你说你不是一道滋味的菜
是漫街的精魂，琳琅满目的美
是无尽的艺术
对陶土的敬畏和呈现
你说你是工匠和大师
是陶的虔诚弟子

光阴如陶
散碎在了陶宝巷子里

树上咖啡

人去，鸟飞
鸟窝里的榻榻米
端坐一杯甜咖啡

每一片树叶
都是一扇旋转的窗
看得见云淡风轻
相托终身的爱情

陶，不是器皿
就是饰物
柴火的履历
旨在安放灵魂

一窑泥坯与尘烟
成败
都在于窑变

鸦屿陶工

◎李德佑

你没有故弄玄虚的矫情假意
你没有花前月下的忸怩作态
你更没有阿谀奉承的溜须拍马
你是那鸦屿山下
一首质朴而耐读的诗

那寻寻常常的泥土
在你的手中瞬间变得神奇
你和自己孕育的“胎儿”
一起穿过岁月的打磨
一起经受烈火的历练
一起演绎生命的欢腾

那一件件精美绝伦的艺术品
分明渗透着
你与生命比肩的心血
你那深邃的意境
经过磨难最终定型
再用窑火的胸膛迸射激情
渐渐凝固成永恒的珍奇
于是便引发了
千古诗作的强烈共鸣

美的艺术属于你
陶的灵魂也属于你
因为你那胸中
始终怀着浓浓的陶乡恋情
那恋情如窑火般深沉热烈
于是铸就了你那
奔放热情的诗的永恒

荣昌陶的故事

◎阿　普

陶　箭

这样的陶品
少见
博物馆里面绝对没有
只能在民间
民间也凤毛麟角
但我在梦中惊动了陶箭

陶箭默默地躲在梦的一角
无声无息
那样子端庄如禅
颜色是梦幻般的黑色
如隐形飞机

开始我误以为是一枚预警机
从形状上看
就是预警机
但不是
胎料是土
也没有高妙的互联网系统

其实在陶箭诞生的时代
它就是预警机
箭射出去

就发出了雷达
敌方会作出反应
搜索到敌人的情报
然后千军万马蜂拥而至

箭上戴一支火把
那就是命令
一座城池即将面临覆没
一个部落也许从此消失

如今箭成为陶
是收藏界的预警机啊

陶箭
陶品中的箭
如风中飞行的刀锋
让目光溅射出光怪陆离的
血的花朵

煤与陶

煤在山中
土在山中

听鸟歌唱
看花朵在阳光里开放
亲吻露水
抚摸兰草的芳香

煤爱上了土
土却远离煤

土与水在一起
土与种子在一起
土与天空对望
土向往着远方

煤把痴情
化为熊熊的火焰
将土修炼成陶

陶从瓦子河边出发
坐船
去了远方

陶
美丽动人
走进千家万户

陶甚至远渡重洋
嫁入豪门
煤却只知道燃烧
在陶哭的时候
在陶笑的时候
哪怕是陶被人践踏为陶片
煤也用自己的光芒
把陶照亮

煤
仰望
博物馆高高的架子上
光彩夺目的陶

煤
没有等待陶
坠落到地上
那样煤可以和陶厮守
但陶就只是碎片
像是一首被肢解的歌

煤
选择了成为电
在陶的上方闪耀

煤
因此和千万双目光一样
为陶喝彩

陶色片段（组诗）

◎巴　雀

中国四大名陶之一——荣昌陶，在心中孕育了无尽的诗意。一枚陶片，一段历史，一个故事，风雨沧桑，婉转轮回。

——题记

陶　泥

美丽山色
是你日夜的修行
风的思想
让你泪水成行
目光给予你智慧
手充满柔情
山路依恋马车轱辘的呻吟
开始一段传奇

阳光的涂抹
月光的浸泡
千百次缠绵悱恻
星光点点
精灵诞生
成为陶坯的种子
而火
在前面路上期待

工　匠

神情浩荡
入竹
入菊花
入巴山夜雨

满手精泥
幻化山
幻化波涛
幻化春夏秋冬

村姑的大辫子
牛的哞哞轻语
小桥流水
尽在揉捏的喜悦之间

那深邃的眼眶里
是爱
是安详
是生命的康宁

陶　壶

阳光里
生出熠熠的光辉
湖光山色
尽在不言中

一壶浊酒
被烈火畅饮

心炸裂的声音
在陶片上隐隐作痛

没有那么完美
从破口漏出的时光
一半旭日
一半残阳

千年古窑
满壶经纶
只有一个女人
知道陶壶心酸的故事

窑　火

村里村外
亮堂堂的天
亮堂堂的人
亮堂堂的妹子心
精精的青杠炭
硬硬的火
练就了满腔热情
泡出暖暖的人生
火光里刀光剑影
火光里柔情蜜意
火光里滚滚红尘
火光里几千年的文明
荣昌陶的窑火
精美绝伦
不信你细细地听
陶器心里那灿烂的歌声

陶　都

◎陈维宣

如果井冈山有神赐的甘醇井水
那么正好冲泡鸦屿山仙翁下棋的香茗
如果江西景德镇的陶瓷在全球闻名
那么重庆安富的陶器于世界蜚声

对于我
景瓷只仰慕而已
安陶却深深划入肉里

中国四大陶都
我站在鸦屿山头
风烟望五津

某一个风和日丽的日子
风是唐朝度来的雅韵
西汉的巨艟
沿着丝绸之路破浪而来

在安陶博物馆
世界游人中
我摩挲着紫釉凝固的火焰
宛如水中荷花的清凉
聆听风声雨声
描绘昌州人事更替
瓷器光芒炫目

内部的锋利从手掌进入
划开皮肉
就像翻开历史的书页
血迹缓慢浸出
再深入是未来
也应该是鲜血染红

我喜欢瓷器
不仅仅是它的彩釉和光泽
让我上升到神圣庄严
和历史的高度
还有那碎裂的声响
刻骨铭心的痛
无论爱情还是光阴

所以安富陶都
我不得不赞颂你
不得不纳你入诗
是你陶器的光芒
把故乡嵌入我
一块块肌肉和骨头

荣昌非遗，走在创造未来的路上（组诗）

◎徐江洪

荣昌陶

终于苏醒
我需要一个热烈的春天
以火的名义
在飞旋的岁月里
开放

我知道
太阳的眼泪灌溉了你
如水的柔情
月亮的雨露滋润了你
深邃的色彩

我知道
花的艳丽
同血与火一样美丽
但我更惊叹岁月
被你十指轻柔地拿捏

一万年沉淀的生命
总是那么平淡坚毅
但时光
不只在乎你的酱醋油盐
更在乎你重塑生命的勇气

终于在今天
在陶的光芒里
风穿过指尖
有一只鸟儿飞起
海棠花站在溪边
与我倾心

在火与爱
昨与今的空间
陶以柔软的名字
诠释着荣昌
无与伦比的风景
在未来

苎麻夏布

一根长长的麻线
牵着濑溪河
牵着太阳
在经与纬的岁月里
慢慢升腾

外婆的手指
把日子搓捻成
扯不断的炊烟
堂屋的织布声
绕着昏黄的油灯
跳进河里
漂洗出了满山春色

后来，海棠花开了

母亲的嫁妆里叠满了夏布的温馨
和苎麻长长的牵挂
一脉相承的生活
串起苎麻青青的向往
与城市梦幻的颜色

苎麻向我
夏布向远
一条路一根线
山山水水
在胸中无比瑰丽

如今，在春天的背景里
每时每刻
都能看见荣昌激越的脉动
或远或近
都能感受夏布
朴素而华丽
宁静而悠远的温馨

这是让人一生也解不下的结
牵牵挂挂
温温柔柔的亲情
苎麻夏布
正走在未来的路上

盘龙客家文化广场

◎徐江洪

站在宽阔的广场
我问
游走的风和洒落的阳光
可否告诉
向海的那面
传来的山歌

天空的流云
听你悠扬的乡音
虽说浪迹天涯
一脉相承的精神
却源远流长

站在盘龙客家广场
面对那面一碑墙
镌刻的不是文字
那是客家人生生不息
抒写的历史

站在盘龙客家广场
面对那面一碑墙
听得见山的呐喊
看得见海的波浪
那是盘龙客家人
正集合新能量
放声歌唱

夏布牵出的回忆

◎李黄英

在家乡盘龙
我看见了，被美丽的词语
环绕着的夏布
那间小小的屋子
因为它
古典，深刻起来

我想起木兰
曾经披着柔软的夜色
在织布机房，密密地
织过她的烦恼和忧伤
她把柔情和壮志
编进窄窄的布匹
织出了一个女子
金戈铁马的辽阔人生

长长的线
只需轻轻一牵
便能牵出，一段段历史
一堆堆故事
和数不清的回忆

此刻，我站在这里
注视着这些
像父爱一般，满怀深情

而又朴素沉默的线

我敬仰地望着他们
走入一幅幅画里
藏进一节节的时光里
等我在某一个失眠的夜晚
就着明晃晃的月光
细细展读

荣昌陶，你是泥的精灵

◎郭永菊

你从远方走来
以国色天香的神韵
大地敞开胸怀把幻想的梦祖开
泥的精灵
融入智慧的窑火中焚烧
蜕变，脱颖
在时间的河床上
静默了千年

永无倦怠的追求
把你的花季
折叠成一束
散发泥香的未来
在炉火舔舐过的余温里
触碰肌肤末梢
千年沉淀
蕴含如涓涓溪流
注入灵魂深处

源于你的执着
晶莹如镜般清澈
声如磬，薄如纸的倩影
弹拨色彩斑斓的旋律
野百合馨香韵味的音符中
任穿越的思绪

绕过宽窄巷子的风
在曲径通幽的岁月中打旋

曾几何时
金竹山，瓦子滩
十里河床陶片片里
点燃岁月的窑火
照亮半边天的繁荣景象
窑公洪亮的吆喝声中
渐渐远去
只留下残破的窑洞遗址
静卧岁月废墟的风中

日复一日
守望历史长河
打捞出显赫身世
鼎立三大陶都之列
陶之路在诞生
悄然打开艺术殿堂
崛起的梦
邂逅的辉煌将在不远处

跋涉的脚步
驾驶使命的时空
映入濑溪水明澈的眼眸
迎接风雪千万次洗礼
用青春的思绪清点陶片
潇洒植出绮丽期待的梦想

在安富遇见陶（外三首）

◎谢子清

所有的陶
都是自然送上的礼物
但需要时间打磨抛光
水云母和蒙脱石紧紧相拥
在岁月的温床上安睡千年
一把锄头轻易打破誓言
遇见水和匠人
揉泥、拉坯、定型、施釉
仿佛逃不脱的宿命
温度是涅槃前最后一根稻草
原来扶不上墙的泥
脱胎成桌上行走的器
在荣昌安富
“磁窑里”早已擦亮自己
每一片陶都会讲故事
讲手与心的沉淀
土与火的碰撞
她们或躺或卧
坦然接受目光的打量
接受附庸风雅和讨价还价
接受带走与远行

老匠人

在安陶小镇
日子平静得像一面镜子
青石板拒绝大部分车马
慢是从一步一个脚印开始的
那位七十岁左右的老匠人
把“国营安陶厂”这几个字
念叨得仿佛口头禅
每当介绍起一把茶壶
或者一个杯子
“国营厂”犹如前缀后缀
修饰脱口而出
像极了小孩子
反复咀嚼嘴里的糖果
舍不得吞下发酵的甜蜜

万灵古镇

相对于“万灵”
我更喜欢把“路孔”叫成乳名
伸手可触粒粒可数
濑溪河自成旋律
轻盈、欢快、悠然
人行马踏的石板桥
把年龄清晰地写在脸上
每一处缝隙都能沙漏一段故事
演绎完美的韵脚
在山水写成的诗中
“万灵”是意象
而“路孔”是意境

联　系

对“潼荣高速”这几个字
一直心存温暖
因为她穿过塘坝
逐一造访七个村落
让我和城市有了直接的联系
就好像常年惦记安富
翻来覆去地揣摩一把陶壶
算计有一些空闲的日子
能被温水泡开和稀释
就好像临时起意的旅行
车停在龙岗服务区
山围成一个巨大的盆
四月的风不请自来
云朵清浅而悠然
与天空的接近有一些不真实
我用微信向坤报到
“大哥，正从你的世界路过！”
坤和我神交多年
他像带孩子一样操持副刊
我时不时在上面撒几茬豆子
磨成自得其乐的豆腐块
稿费需要“利滚利”
才够买一瓶烧酒
但这就是我们之间的联系

安陶窑火

◎晨　曦

一缕缕烟云
像跳跃的五线谱
韵染了
千年窑火
温暖的情怀

近姻，远嫁
揉进简朴素雅的日子
闪光
沉淀
岁月徜徉

出彩红釉
青瓷
千年写意
化作绕指柔的
淡淡思念
在时间的空间
等你

穿针，引线
绣成浓墨重彩
与鸦屿仙翁对弈
棋局如故

泼墨挥毫
书写远山
将天空涂抹上淡蓝色的水釉
如行云流水般行走
素颜的泥精
等你着色

陶　工

◎徐江洪

淬过火的骨骼
铮亮如钢
古老的陶土
与手的力度刚好对接

你与陶土的肌肤之亲
用疯狂的火表达
一生一世　一雕一塑
孕育出装满天地的陶罐

轮回了亿万年
刻骨铭心的疼痛
碎裂与重塑
最终以古铜色的模样亮相

微笑是咸涩的汗珠
在时光交错的掌纹里
你的身影被拉长
像流淌的濑溪河水
漫过鸦屿山下暖暖的故乡

窑火一天天蓬勃
你的胸膛里　一座陶
渐渐高大丰满
渐渐柔软鲜亮
渐渐嵌入庞大的海棠

山水风情

荣昌的山有古佛山、铜鼓山、鸦屿山、燕子岩等，虽然海拔未超千米，但自有其钟灵毓秀的美。荣昌的河有濑溪河、清流河、荣峰河、玉带河等，两岸风光旖旎，既有原始的古朴之美，又有精心打造的美丽景观。

一个地方，若没有山，会失去仙气；一个地方，若没有水，会缺乏灵气；一个地方，若没有人，会显得荒凉；一个地方，若没有人文故事，则会没有精神和品质。荣昌有山，山有仙气，凝聚这一方水土的勤劳智慧；荣昌有水，水有灵气，流淌这一方水土的奋勇拼搏；荣昌有人，人有情怀，能演绎这一方水土的绵长幸福。

铜鼓山

濑溪河

与万灵（组诗）

◎红线女

我只是不想说你的名字

我一直不能静下来，
所有的三月似乎没有什么区别，
小麦有时发青，
菜花有时发黄，

可这些和你有什么关系呢?
已经不是一个虚妄的概念了。
成群的像白云一样的猪猪们一定是存在的，
它们大面积地覆盖了大地，
从荣昌到乡村，从乡村到大都市。

现在我就在你的名字里，
和三月一样，你不会因为我的到来而改变什么，
你只是安静地生长，安静得近乎动物，
被铺开，被买卖，或者被杀戮。

“要么是死，要么不要徒劳地活”，
我熟悉那样的生活，并和你一样毫不犹豫地，
选择了同一种选择。

那是我生活的一半

其实，说一半是不准确的吧，
应该是血亲？胞衣？或者，本来就是一家？
我无从考证，
更不想考证。

常常，那只是不同的两个名字——
荣昌，大足，
大足，荣昌，
一千多年以前，他们就躺在大地上，
一起被大地笼罩了。

海棠花无法抛弃自己的名分，
在历史的天空里飞翔，
阳光照在上面，
一切都是如此，一切，当然包括了我们。

那就不再去想谁是谁的了，
那就打开昌州上床睡觉，
尽管此刻，我们都毫无睡意。

因为濑溪河

怎么办？因为一定是我先看到她的，
她从她的母亲那儿流出来的时候，
我还很年轻，
或者，根本就没有我，
但是，我一定是在昌州吧，
我那么小，怎么分得清时间呢？
算了，不分了。

怎么想都是故里，怎么想都是母亲的河流。

就像现在，我走在她的身边，
她也在我身边。浓郁的青草，让我柔软。
覆盖她的水，也在我身体里迂回，
让我无法远离这个人间。

还是爱吧，继续爱，
就算我要漂泊，我要变老，我要倒下，
或者，永远回不到我自己。

那些桥

我知道他们的名字，
我都知道，真的。
你别想打听了，就乖乖跟着我走吧，
别乱动，也别问。

海棠桥在唱歌，
香国桥围住了我，
观音桥敞开了神赐的时光，
小滩桥把我留在了遥远、安静、被人向往的梦乡。

我们走在上面，
我们都在走自己的路，
我们都在寻找自己生长在水边的记忆，
属于荣昌的记忆，
像新的联结者，永不终结的生活。

那绝对不是风偶尔留下的，
更不是雨随意流淌的，

那是荣昌的心，荣昌的魂灵，
那是属于我们，也将成为我们。

在万灵

我不得不说到万灵，
那是我最近的前身，最亲的肉体，最肆意的酒杯，
不狂热，
也能喝下去。

黄昏牵着夕阳，
老水车没了水声，
吱嘎吱嘎的风，穿过六孔桥的故事，
一过了日月门，仿佛就醉了。

我不是故意喝多的，
万灵的酒任意飘散，一不小心就被大地吸收了，
蜜蜂们嗡嗡采蜜，甜就永远生存下来了，
随口被我们说起的萧红，是不是有点误入歧途了。

管他呢，就让风继续吹，让醉继续醉，
让那些误入歧途的死，永远安息于死吧。

这似乎不是致命的

桃花睡着了，
李花睡着了，
春花似乎都睡着了，
他们都紧抱厚厚的冬天，呼噜一个接着一个。

为什么不开花？

不舍得孩子?
不舍得家?
抑或是那些说都说不出来的寒冷那么冷。

没有人来超度我们,
更没有人会被拯救。
那就退守。
或者不要醒来。

而这些似乎都不是致命的,
致命的是我们没法彼此躺在彼此的怀里。

昨夜的雨一直都在下

他们都在忙着歌颂春天,
麻雀,黄莺,纺织娘,还有乌鸦们,
很认真或装着很认真地,把一些说过的话
又说了一遍、两遍,甚至很多遍,

桃花急得粉红,
梨花气得苍白,
还有杏花和樱桃的花,
更是比昨夜的那场雨,落的泪还要多。

说什么大温暖,
说什么最幸福,
说什么天荒地老,
说什么地老天荒,
昨夜的雨一直都在下,
属于我们的海棠花怎么都不开。

我不是海棠

我不是水仙，
我不是腊梅，
我不是海棠，
我不是春天里任何一株鲜花的花。

我知道我没有月色，
我知道我没有江湖，
我知道我没有盛宴，
我知道我没有这世上任何一种虚情假意。

不要怪我把话说得太白，
装满温情的土地，
一边长着权势，
一边繁殖苍蝇，

一些貌似美好的嘴脸，
怎么笑都不像春天。

并非完全没有感觉

很多夜晚叠起来，还是夜晚，
很多失望加起来，还是眼泪，
很多沉默放在一起，就是无声无息，
很多黎明折断之后，每天都变得比灰暗还灰暗。

整个二月冷得透不过气来，
韩寒，方舟子，
重庆的红，世界的另一些黑，
仿佛天地被更换之后患下的后遗症。

寒冷就是寒冷，
政治就是政治，
和老百姓的意愿无关，
和谁谁谁的白天与黑夜无关。

可我真的并非完全没有感觉，整个二月都在愤怒，
许多无处安放的亡灵，总会在沉默的后面走来走去。

你以为的春天

你以为桃花开了就是粉红，
你以为菜花黄了就是菜油，
你以为油价涨到“8”就到了极限，
你以为太阳一露脸春天就来了。

成片的小草儿还压在乱石之下，
大块的农田，失去了水，徒留往年的痼疾，
麦苗去了大都市，玉米远嫁他乡，
剩下留守的爸爸和妈妈，陪着渐渐老去的空房。

二月已经落幕了，三月把万物的真相渐渐埋葬，
葬在虚幻的神术之中，
葬在一个叫春天的巫女的妖法上，
让一些诗歌见到阳光就亢奋，脱掉衣服大喊大叫。

很多人成了看客，他们躺在浮动的春光中，
怎么也找不到这个春天的重量。

亲近清江的过往

◎李黄英

狮滩民居

在狮滩这座古老的宅子里
我遇见几百年前的窗户
和几张织满故事的蜘蛛网
我像一只蜘蛛
沿着这些痕迹
向旧时光攀爬

我努力盯着，眼前的
一瓦一木，希望瞧出
这座房子
曾经住过的
某个故事

一盆解渴的水
让淳朴的民风
形象生动地
存入我的记忆
久久散发余香

老　街

老街，真的很老
几百年的风霜
在他的脸上
一道道地重
一块块地叠
直到，它的胡子
眉毛，都染上
月光的白

无数故事
躺在他的怀里
酝酿，然后
沉甸甸地
系在他的腰上

等他摸出烟斗
点燃，深深地吸一口
就颤动着
明亮一次

河中岛

走入，这被水
紧紧搂住的小岛
心情，一会儿
被树木染绿
一会儿
跟着天空变蓝

真想，在岛上
美美地睡一觉
这样，就可以
有一个，五颜六色的梦
就会有无数的花朵
挤进来，就会
瞧见它，摆动鱼尾
游进来
连同那些桂圆
一起，香甜的滑进
我的梦

又闻脐橙香

◎李黄琼

当目光在观胜，停下脚步
脐橙的香气，随风飘来
雨丝，弥漫着甘甜
和芬芳
清晨，鸟鸣唤醒了
橘香果园的幸福时光
春夏秋冬匆忙路过，瞧见
纽荷尔脐橙和塔罗科血橙，抱紧枝头

熟睡
春天，正是花和果相遇的时节
血橙的脸被笑容涨得通红
怀里，藏了许多圆圆的秘密
洁白的梦，在微风中摇曳
这是一棵年轻的果树
碧绿的枝头，小心翼翼地
开满花，结满果
春花和秋实，都是她
此刻的美丽
又闻脐橙香，回忆沿着石板路
归来
篮子里，盛满了
泛黄的时光
拥抱着，熟悉的香味
欢笑声，在山林间回荡

万灵古镇，一场没有预约的重逢

◎何　苗

那些魂牵梦萦的情景
重现在我的眼前
三月的春风拂过
唤醒内心蛰伏许久的诗句
万灵古镇，我又来了

巨大的水碾悠悠地转动
像一位老人转动岁月的经筒
转动着这里的灵气
转动着淳朴的民风
转起的水花唱着一首老歌

水在堤坝之上平缓如镜
流过堤坝就成了白花花的银子
在滩上源源不绝地耀着人眼
所以那滩叫白银滩
这是二十四个望娘滩之第五滩
每一个石臼都装有一个故事

一步一步慢慢地踏上古朴的大荣桥
人仿佛在接受一场庄重的洗礼
凭栏四望
这一方水土是那么的淡雅怡人
尘世喧嚣停下来
纯净如这里清澈的水

斑驳的寨墙上
巨大的黄葛树已经吐出新芽
那些老旧的旗风和招牌
让多少生动的吆喝像油菜花漫过天际
那些青砖黑瓦
滴落多少流年的雨

向往你，古佛山的四月

◎李德佑

四月，是入诗入画的四月
四月，是一见倾心的四月
我的思绪，像脱缰的野马
驰骋在古佛山的四月
蓝天掀开向往的梦境
白云奏响心灵的舞曲
清香盈满翠绿的山野
小鸟啼醉满坡的游人
桐花，盛开在四月的枝头
古佛山，处处芳菲浸染

四月的和风
恣意地亲吻着我的脸
四月的桐花
盛情地温暖着我的心
开满桐花的枝头
胀满了浓浓的春意
漫山遍野的清馨
穿越了灵魂之外的素雅
和灵魂之内的安宁
我与古佛山
相逢在最美的花期

这里，远离了人世的喧哗
这里，让我浮躁的心态沉淀

这里，我与温暖相约
这里，我与阳光相伴
这里，我与柔风相叙
这里，我与真情相依
惬意，顿时驻满胸怀
我多想踮起双脚
深情长吻枝头那一朵
只属于露珠的恋情

那佛祖降魔的传说
曾在我的笔尖下淌出
那西来第一禅林的神韵
曾给我瘦瘠的诗句增光
那百佛园内的悠悠意境
曾为我欲念的心灵洗礼
我总在那些“佛”字下
不经意间看到燃灯的身影
如从古典中走出
一尊伟人

于是
我的心，走不出
三层岩的缠绵
远古的期待
悄然绽放成一朵朵桐花
它不枯萎，也不凋零
永远占据了我的心灵
时光切换了无数画面
最终定格
佛——在我心中

铜鼓山之恋

◎陈维宣

铜鼓山
沟壑纵横
如断章
苍穹泼墨写意
飞斜一笔电光
照亮苦难

野草飞扬狂风
目送落叶四散
一岁一枯荣
就像父亲
凌乱风雨的硬发
就像恋人
飘飞傍晚的遥望

曾有
豺狼虎豹
利爪蹂躏
伤痕累累
扭曲风的面孔

山寨，土匪，惊恐
红旗，军号声，枪林弹雨
疾病，瘟疫
红与黑的较量

厚重的一笔近代史

血与火洗礼
野兽脚下崛起
傲然挺立起苦难和疾病
在我心中，这才是巍峨雄峻的最高峰

铜鼓咚咚
叩击着我的心扉
祖先的面孔
写满龙的图腾
祈祷，诅咒，抗争，舞蹈
年岁翻来覆去击打
父亲前额
风云缠绕
金属的种子
穿透几世轮回
结出恋人几多世的缘？

鼓声若雷
敲击我灵魂
敲击大地铿锵玫瑰
敲击男儿铁汉柔情

一面鼓
一幅永恒的画
永恒的字
永恒的诗
是我眼睛里的风暴
又是安静一切的归宿

一面鼓
摊开成肥沃的土地
英烈鲜血染红
让我紧贴的脸颊好烫
血液奔涌
咚咚的铜鼓声
军号嘹亮
无不让千军万马扬鞭奋进
让我神驰飞扬
铜鼓山，我的父亲
我匍匐你脚下
你抚摸我吧
用你的清风，苍翠的松柏
野草、野花抚摸我吧
铜鼓山，我的恋人
你抚摸我吧
用你野菊花流溢的春光
用你漫山遍野菜花的灿烂金黄
用你鲜血染红的玫瑰

让我抚摸
夕阳山寨的废墟
摩梭百孔千疮的墙壁
正如抚摸我的身子
庆幸
每一个弹孔
都被春光愈合
每一段残垣
都是爱恋的字句
开满
野百合的春天

铜鼓山采风（组诗）

◎晨　曦

金色的梦

春的帷幕
将唯美的风景拉开
山乡的舞台
摆了一道震撼心灵的盛宴
鹅黄色的韵律，重叠
押在平仄起伏的铜鼓山上
谱成跳跃的五线谱

借一缕春风
裁剪霞光
紫泥和柳绿镶边
缝制一件粉色的霓裳
包裹了金色的梦想
荡一曲春心与你凝目四望

追梦的赤子
在更古的山梁
将祖辈的苦难连根拔起
扔进岁月，枯萎
种下祥和，万物复苏时
万涧沟壑里开出灿烂的日子
更是祖辈们对上天的惊愕

昔日山头蓬乱的荒草
更迭我笔墨勾勒的唯美镜头
一幅旷世丹青
乾坤大挪移的对天横幅
随着桃红李白杏花粉
束腰柳绿菜花香
更像一首抒情的歌

红了三月的脸
醉了镜头
甜了梦中的鼾声
醉了大中华儿女们
共同的中国梦

山乡春来早

明媚的阳光
对早春的铜鼓山乡
亲了又亲
孕育了百花含苞绽放
日子，躲在春风的怀里
细数着翻新的流年

房前屋后
桃红柳绿杏李白
各路花神聚人间
咧嘴相视，浅笑嫣然
笑声扩散翻飞
遍布了田野与山头
醉了农家鱼塘的梦魇

小燕子衔来春意
在屋檐口上下翻飞
传递着温暖契机的喜讯
农家小狗吠着
追逐着蜂蝶，狂奔嬉戏
意欲突破
春潮梨雨晚来急的漩涡

山梁与田埂
百花跌宕，拼叠出一幅
平仄苍茫而色彩斑斓的油画
一曲农耕新调
在蜿蜒绵亘的山梁上
来回翻滚出，新兴农民
把握时代脉搏的真实梦想

春风又绿江南岸

时间的脚步
叩开春天的大门
从柴扉半掩的老屋里
飞出鸡犬声
那充满乡土浓郁的小调
把久违的铜鼓山乡
围了个严严实实

抖落红尘中
喧嚣沸腾的俗世
融入泥土的深沉与温馨
从春的缝隙里
拾起温润如玉的阳光

拭亮被贫瘠烙伤的心灵
为你刮骨疗伤

从山坳里
半边残缺的屋檐瓦楞上
命运倔强的青蒿
目视裸露的木椽挑出
入韵的旧事
依然是韵律十足的乡音小曲
烘托起炊烟袅袅

春风又绿江南岸
新兴农业的耕种变迁
让荒山野岭
焕彩新颜
土地召唤游子回归家园
紧贴时代脉搏
朴实无华的宁静致远

蜂蝶曼舞的春天

蜂蝶曼舞的春天
百花争艳
万绿丛中露笑脸
铜鼓山乡新面貌
把握时代脉搏跳动的赤子
把闲置成荒山的土地
赋予了丘陵山区新的生命

探索乡村振兴的谋略
以观光农业的姿态
在紫泥厚土的孕育中
山坡以螺旋体态
像母亲头顶的发冠
盘亘蜿蜒的条纹婀娜多姿
宛若五彩缤纷的裙摆

眺望远处，漫山遍野
重峦叠嶂纵横交错
层层梯田以齐而不齐
乱而不乱的美学法则
似仙家施法自然的艺术珍品
以泼墨弄彩的重手笔
涂抹山村大地葱郁而朦胧

沟壑纵横，重彩纷呈
勾皴点染粉墨登场
是否修饰成少女缤纷的新衣

总让人连生错觉
这哪里是数千亩油菜花地
这分明是
身陷丹青的切实感受

在铜鼓山上（组诗）

◎李黄英

在铜鼓山上

我看见漫山遍野的油菜花里
有许多新鲜的词语在奔跑
它们跑着跑着
就被染成了金黄色
跑着跑着
就裹满了油菜花的香气

春风在这些油菜花耳边
说着甜蜜的悄悄话
春天，就这样
被一株株油菜花
热闹地挤满
这个季节
因为这些花朵
变得更加生动、活泼

在油菜地里

我像一株油菜花那样
轻飘飘地微笑
没有一丝烦恼路过
也没有痛苦，在心里生长

真想，在这片土地
种下一个金黄蓬松的梦想
然后，守着它
幸福地绽放

我在古佛山春光里等你

◎于晓瑜

鱼虾成群结队
拥吻着探出水面
鹅鸭小心翼翼试着冷暖
徜徉在断桥间
水草伸伸懒腰
绿油油一大片冒出了尖
我在古佛山脚金龙湖边等你
等你绕湖骑行
搜寻隐隐流动春的消息

桐花在枝头笑得正欢
漫舞间轻轻柔柔
给山峦里一尊尊仙人披上淡雅彩衣
林中仙石屏气凝神
坚定又执着
默念着心经
我在古佛山腰百佛园中等你
等你吟诗诵经
释去昔日忧愁
聆听春风拂晓带来的心花绽放

樱桃成串缀满
直上云端
禅茶初发
引你迷入一片春海

无法自拔
只叹秀色可观亦可餐
我在古佛山顶 700 米山峰上等你
等你放开味蕾
品味春天丽日下
瓣瓣清香

我在古佛山游走着等你
一场邂逅
一只小船一朵花
一颗樱桃一撮茶
一念佛心走天涯

濑溪，伯牙琴弦流淌的音乐

◎罗光富

濑溪，你是长江的枝末
就像红领巾，是红旗的一个角落
如果说，我爱你
其实是爱我的祖国

你是高山的流水
来自一股股清泉
来自伯牙琴弦流出的音乐

你一路向下
不断放歌
时而阳春白雪
时而下里巴人
而你最喜欢唱的
还是《一条大河》

不要说，曲高无人和
当你激浊扬清的时候
就有喻茂坚之辈扬善惩恶

你一路向西
不是标新立异
也不是特立独行
而是对真理不断地探索

当外敌入侵
你竖起成一道狼烟
就有抗日英雄王麟那般的人
不断涌现

把你扬起，就是一条长鞭
在中华民族复兴的道路上
激励你我，拼搏，向前

而你，最终是一条河
不断泛起波浪
也催生白云朵朵
这些波浪
像你，也像我
那些白云
就是先贤们的灵魂
护佑着我们的祖国

当濑溪河水，流向大海
载着巨舰前行
肯定会腾起濑溪碧波

亲亲荣峰河

◎张　莉

清晨
漫步岸边
清风拂过碧波微澜的水面
丝丝绿得发亮的垂柳
倒映在你的怀里
沉淀着美丽的梦
欢快流淌的河水
喂养着每一寸希望的土地
日夜不停地奏出一曲曲笙歌
驶向远方
溯流而上
割草机刚整理过的草坪
散发着记忆深处的清香
令人沉醉
一座座跨河桥
倒映在你的怀抱里
更添了如诗如画的内容
夕阳西下
置身你身旁
微风送来的花香
从身边飘过
萦绕在心间
令人流连忘返
我爱这条河流
和它所有的春夏秋冬

大荣桥之恋

◎徐江洪

心中的风云
穿越百年
凸凹的履迹
从大荣桥上走过苍凉的月亮

那风伫立桥头

凝望古镇前世今生的模样
咿咿呀呀的桨声摇碎满河星光

据说我的母亲
在机杼的吟唱中
编织了苎麻的长发
一只蝴蝶的美丽
扇动海棠花暗暗的幽香

大荣桥啊大荣桥
奔流不息的濑溪河水
向着远方把一枚心形的月亮
挂在摇曳的树上
听你水车轻轻地呢喃
然后，捧一把鲜艳的泥土
塑成了我装满思念的陶罐

我在荣峰河畔临水而居

◎陈维宣

我在荣峰河畔
临水而居
这情景就像
《诗经》的一千次再版
蒹葭苍苍，白露为霜
所谓伊人，在水一方

我面前的荣峰河
正是铺开的一幅古老画卷
那些翠竹，海棠，芦苇
还有许多不知名的花草
蜻蜓，蝴蝶，白鹭
青蛙呱呱叫着，鱼在水底
和水中间搅起
圈圈涟漪
我和它们相依为伴
我们的倒影深入水和白云的内部
我们与大江大河潮起潮落

我常常漫步于两岸
让竹林染一身翠薇
让海棠花红火着日子
让碧水清波净化着身心的尘土

许许多多漫步夕辉的人
清晨在晨雾中跑步
脚后跟着欢跑的小狗

两边的广场舞
强烈时代节奏的音响
他们同水面一样
都是我的一面镜子

我在荣峰河畔临水而居
我常常穿过两岸的猪文化长廊
感受着荣昌猪的憨厚大度
我向它们致敬

夜晚，我喜欢在永和桥上
吹着河风望月
人世间永远和平多不容易啊
似水月辉
我以什么光亮与您相映

棠堰飘香，桃峰积翠
虹桥印月，龙洞栖霞
古佛眠云，宝岩飞瀑
石航秋水，鸦屿仙棋
八颗闪耀历史人文
和生态光芒的明珠
翡翠般的玉带河啊
您这条绣满汉唐文化的吉祥哈达
将您奉献给世界，我的双手
怎样才能有这种资格

我在荣峰河畔临水而居
浓雾里，清晨的浓雾里
我看见两岸的楼房
全是积极向上的山峰
太阳掀开万物的盖头
我看见楼房和旭日在水里深入
深入

我看见荣峰河水
原是一匹编织时光经纬的麻布
把我和两岸醉人风景织入
白鹭的翩翩飞翔
远方的机杼声
穿越时空，不绝于耳

美丽的濑溪河

◎陈美银

美丽的濑溪河，
您诞生在哪年哪月？
春秋又几何？
您是神州的血脉？
还是大禹的杰作？
我只知道：
您与天地同在，
与阳光融合；
您头顶大足石刻，
横卧古昌州，
足抵南蜀国；
您海纳百川，
涛声似欢歌。

您百折不挠，
勇猛自若。
浪花，一路荡涤着污泥龌龊。
万物靠您滋润，
生命需要您养活。
您听人类使唤，
为众生而奔波。
您如母亲般的慈祥，
像母亲般的温和。
啊！美丽的濑溪河！

美丽的濑溪河，
您历史悠久，
古今故事很多。
聂郎吞宝珠呀！
是神话，是传说。
他正是古老的劳动人民，
不畏强暴，
勇斗邪恶的浓缩。
纤夫肩背的勒痕，
刻在了岸边悬崖的角落。
还有那船工的号子，
商贾的舟舸；
在人们的记忆里，
早已镌为挥之不去的壮歌。

美丽的母亲河，
您传承了千秋社稷，
延续我万代烟火。
为了您的更加美丽，
人们不断奋勇拼搏。
河堤，替您挡住了洪波。
河长，为您清除了污浊。
各种现代设施，
减轻了您的劳作。
您那涌动的流水，
是金贵的乳汁，
是生灵的福果。

祖先喝着您的水，
为了生存，努力拼搏；
前辈喝着您的水，

历尽艰辛，直到1949年，
终于砸碎了苦难的枷锁。
兄长喝着您的水，
奋起抗争，
在烟火里改变贫穷面貌。
我喝着您的水，
担起时代的重托；
接力了三十年的探索，
经历过四十年的改革。

如今的濑溪河啊！
两岸群楼林立，彩虹座座；
绿树成荫，繁花朵朵。
交通发达，道路畅阔；
都市繁华，城乡同乐！
我还要喝着您的水，
与时俱进，砥砺前行；
挥动大笔，再谱颂歌！
啊！濑溪河啊，
美丽的母亲河！

家乡·海棠香国的传说（组诗）

◎郭青倚

舞·龙灯·正月十五

春光刻印了棠城，
春色雕琢了昌州，
春风镌刻了荣昌。
春的锣，春的鼓，
敲醒了棠城春的人海，春的车流。

正月十五，
这是个历经数千年岁月沧桑
仍无怨无悔闹元宵的日子，
这是个让团圆的梦延续至未来
仍亘古不变的日子。
那一条鲜花装点的车海和绚丽多彩的人流，
在濑溪河两岸宽阔洁净的街面上缓缓流动。
看彩旗迎风飘舞，
舞出棠城绵延万里的追求；
看金龙腾空飞卷，
卷起棠城展翅高飞的梦想；
看雄狮悬空翻滚，
滚出棠城追风逐月的希望。
花船荡漾着雄心，
腰鼓敲击着热忱，
秧歌扭动着勤恳，
花扇飞舞着颗颗赤胆，

彩装披泻着片片忠诚。

棠城的新柳随风而舞，
格外清纯而美丽，
人流中艳红的花朵，
一朵朵盛开在欢乐的车海里。
新柳绽开了花朵般的笑脸。
棠城的早花迎风而笑，
格外妖娆而妩媚，
车海中闪亮的展示牌，
一块块矗立在欢乐的人流里，
像花朵开放在棠城的心海。
棠城的人接踵摩肩，
格外热情而率性，
他们追逐着高昂的金龙，
用满脸的笑容来刻画他们对生活的向往和希冀。
无论是天桥还是街面，
那甘做大地一捧泥的坦然，
那愿为四季一抹点缀的真诚，
使这个正月十五闹元宵的日子，
格外鲜亮而富实。

我们都是龙的传人，龙的化身，
我们传承着龙飞翔翱然的信念。
我们都在春天盎然，在四季舞动，
我们传递着龙纵横苍穹的精神。
棠城人，当我们具有龙惊天动地的气魄时，
我们愿随龙翱翔出信念，飞舞出灵魂。
我们舞动天地和谐，日月圆满，
舞动棠城的昌盛繁荣。

夜·棠城·炫彩

依依垂柳下恬然的交谈，
动感音乐里广场的群舞，
麻辣空气里小贩的吆喝，
五彩灯光里的市民，
欢乐、张扬、幸福！

护城河静静流淌，
灯，
在濑溪水里炫燃出改革三十年的辉煌，
棠城人捧出智慧与勤劳，
让河岸充满温馨与亲切。
广场上激越飞洒的喷泉，
灯，
在市民渴望幸福的目光里交错成喜悦，
带着各自在行业里的业绩，
用火热的舞来释放真情。
条条街巷飘香的麻辣味，
灯，
炫耀着一张张幸福享受夜生活的笑脸，
啤酒饮料充实着棠城的胃，
留下一声声昭示幸福的笑。

灯，五彩，炫，
或红或蓝或紫；
飞翔，绽放，棱角，
或动物或植物或几何图案；
高楼，一座座，亮，
灯，交相辉映，流光溢彩，
你在那里闪耀，

我在这里感应。
高楼，四块宽屏，滚动的画面，
夜的星空下驻足仰望的快乐，
身影被灯投射进宽屏的喜悦，
让笑容在宽屏里绽放为永久的花朵。

一路的灯，
一路的光，
一路的影，
一路闻着海棠香入梦的人。

人·风流·荣昌

盘龙，
一根根柔韧的麻线走过了纺车的岁月，
在线团飞旋的世界里，
铺展出纵横交错的纤维。
刻满岁月的老人苍凉的歌，
唱着夏布艺人对历史的传承。
旋转飞舞的梭子，
织出了一片雪白的锦绣，
柔滑如丝般的夏布，
走过历史的长河，
终究化身成龙。

安富，
一坨坨黝黑的泥巴走进了地底的黑暗世界，
在水与手的交融中，
在匠人专注而谨慎的目光里，
旋转成一只只等待入窑的坯子。
一双双巧手，

真情地将花鸟虫鱼绘制在坯子上，
火红的窑，
将古老的土块烧炼成闻名遐迩的荣昌陶。
绘制在陶上的岁月，
于是熠熠地焕发出迷人的光彩。

鸦屿山，
一座座山峰穿越了历史的浩渺依然青翠葱茏，
一棵棵草木生生不息见证着四季的更替，
一朵朵清雅的花，
一片片苍翠的叶，
一颗颗赤诚培植的素心，
熔炼了一份份真情与纯洁，
造就了一株株高洁的兰。
兰在风里摇曳生姿，
兰在雨中妩媚生情。

荣昌，
一根根既规则又不等一的竹条，
一张张经过打磨的平整的纸，
在一颗平凡的螺钉带领下，
将数百年文人的情怀，
组合成一把把时光交错的扇。
留一处美景，
传一个故事，
书一行诗与画的亲密，
展一路红绸飞舞的翩跹。
那是怎样的一幅山水，
又是怎样的一扇梦啊！

身着夏布织就的衣，
托起一只古老的陶，
挥一把或风流文人或舞姿姑娘的扇，
置身于素心兰的天地，
一个微笑，
一次转身，
一声清脆的山歌，
一阵悠然带起的风，
吹出一行新世纪的美丽文字，
舞出一地棠城街巷的风流，
喊出一片荣昌人的妩媚与豪迈。

桥·历史·世纪

观音桥的炮火早已湮没在历史的烟云里，
小滩桥的脚步依旧刻印在风雨侵蚀的石板，
施济桥的古老传说留存在濑溪河的水云间。

依然挺立的石拱，
将平静的水面圈定为花样的镜，
一声声脚步走进了镜里，
留在了水下。
条条清晰的石板缝隙，
流传着一个个沧桑的百姓故事，
忙碌的身影，
还在水云间流连忘返。
往来的，不知究竟是车流还是人流，
却把一路欢笑和勤劳，
播撒在两边的花花草草上。

闻着海棠香长大的荣昌人，
花开数百年依然艳丽，
香飘每个世纪总是醉人。
是美丽端庄，
还是雄伟壮丽，
香国桥，
承载了荣昌人千百年的梦想，
滚动着荣昌人世世代代的渴望，
飞扬起荣昌人奔向未来的雄心壮志，
镌刻下荣昌人奋勇拼搏的足迹。

打坐螺罐山（外二首）

◎阿　普

山外有山
我选择了你
不是偶然
因为我也同时选择了
这里的桃花、翠柏以及鸣蝉

一声佛号
让我在这里打坐一辈子
不是偶然
因为我在这佛号里
找到了安宁、极乐和普度之船

车水马龙
我看见了桃园的世外
不是偶然
因为我在南无阿弥陀佛中
也同时听到了复兴的圣钟

夏布上的太阳

水的边上
你如一尾水草
在编织的夏布上
织出一轮朝阳
鲜艳如唇

夏布小镇
你如太阳一般
把手中的麻线
照耀得一丝丝发亮

过了些日子
好多夏布上
就有了一个你

仙鹅起舞

在海棠花树下
有一池碧水
映照着蓝天上的云
突然一只仙鹅飞过
仙鹅的影子浸在碧水里

仙鹅飞走了
影子却仍然留在碧水中
每当海棠花开
仙鹅的影子就翩翩起舞

老农看得呆了
仙鹅就飞出碧水
游在田野里
游到了老农的家里

世世代代过去了
仙鹅飞到了三惠鹅府
飞到了千家万户
成为全天下珍贵的客人

桥上风情

◎晨　曦

海棠打开心扉
用最后一根垂丝
撩拨春天
在烟雨朦胧的昌州故里
再次邂逅

观音桥上
旗装少女
似春风飘过
温柔曼妙的身姿
举过头顶的油纸伞
迷离了视线

看光阴重叠
把日子卷起
包裹成生活的模样
为之遮风避雨

用时光的箭
划一道彩虹
把寂寞和苦难
咀嚼成温良与贤德
伴随着撑起或收拢的思念
一并吞没

甩甩春的衣袖
不带走一粒尘埃
别让发霉
生锈的情绪
在拐角处发芽
长出腐朽的诗句

一颗耿直的心
错过了
很多次圆滑的风
谁说一条路走到天明
不会遇上
心动的美景

家乡的濑溪河

◎胡宝林

波光粼粼的闪现
钻石璀璨的光芒
微风温柔切割着的河水
五十七个切面
迎着明媚的阳光
反射出五彩缤纷的霞光
两岸芦苇随风翩舞
一队白鹭自由地飞翔
哦
美丽的濑溪河
我魂牵梦绕的河
我家乡的河

哺育我的濑溪河啊
我的祖辈都在这儿生长
你没有一泻千里的气势
你没有长江黄河的宽广
静谧流淌着的
是你
温柔、清澈、恬淡、安详的模样

夜晚
月亮牵着星星的手来做客
甘甜滋润着笑脸
美好又慈祥

伴着绮梦
我们幸福地成长

你有丰富的宝藏
钓鱼网虾有我们童年的游乐园
抓螃蟹、捉鳝鱼是我们练胆的战场
游泳是小伙伴竞技的赛场
四周翠绿高节的竹
伸着剪刀手为我们呐喊
河边的花朵映出灿烂的阳光

你承载着家乡的繁荣昌盛
你承载着乡亲们的幸福和希望
白天我们在你身边安居乐业
夜晚我们在你身边欢唱舞蹈
徜徉在你幽静的小路上
那份惬意在心里滋长

濑溪河畔操琴人

——献给巴渝民间艺术大师何夕瑞先生

◎唐胜才

天籁般琴声的余音还绕响在濑溪河畔
我们的知音却撒手离开人间
何大木匠啊，你为什么走得这么急
你丢下的不仅是一身技艺
还有那不可复制的为人品质
亲人们为你万般悲戚
朋友们为你万般惋惜
你留下的一把把精致的提琴啊
半个世纪还可以拨动优美的旋律
可是你的名字恐怕已被人忘记
睹物思人，我们不得不佩服
何氏三圆琴制造者创作的世界奇迹

今天，在你离开的悲切的日子里
我建议所有的琴师们都拿起琴来
一起为你演奏一支三圆琴协奏曲
悲痛，撕心裂肺也要听下去
因为那琴声是你何大木匠一生的写意
从一个普普通通的幼稚的小木匠
一步步走上世界顶尖级制琴大师的荣耀
木匠教授五十年的奋斗令人佩服
百年荣昌不可多得的奇人奇事

何大木匠，今天你走了
听，濑水为你哭泣
看，海棠为你失色
你的离去拨动了哀鸣的琴弦
又拨动了人们悲痛的心弦
悲痛的人们撕下块块洁白的云彩
为你做了一面大大的幡旗
旗帜上写上三个最响亮的大字
何夕瑞——你一路走好
荣昌人民会永远留住你的名字
还有那不可磨灭的精神和灵气

我家住在濑溪河畔

◎李黄英

1

春天，岸边的小草新了
鸟声脆了，风暖了
阳光金黄了
海棠花也跟着醒了

姑娘的脸被染得绯红
柳絮也羞涩地垂着头
往事簌簌地落下来
闭上眼，整个人
变得年轻而充满香气

2

像一阵风那样
我轻飘飘地路过
一株海棠花

我多希望
成为一朵骄傲的海棠花
微笑着昂起头
在荣昌这片土地上
饱蘸阳光
散发温暖

3

雨点“嘭嘭”在濑溪河上
开出一朵朵洁白的花
它们扑进濑溪河的怀里
像一粒小小的麦子
坠入泥土那样

关于这条河的记忆
循着雨水
赶来和我团聚
一些美好，在我的心里
静静绽放

4

二十多年来
我的脚步，一直在濑溪河畔徘徊
儿时的伙伴却已不在身旁
回忆常常被河水扯得很远
我开始担心，这条河
会勾起海棠花心底的忧伤
我甚至担心，那些和海棠花一样
丢失香气的人
会被河水冲走

我也想问海棠花
它的香气
是在哪年哪月被谁偷走
又是谁，会在哪年哪月还给她

夏雨的韵脚

◎罗贵学

六月的夏雨
似生长激素
抽出玉米苞的神仙须
似兴奋剂
马拉松诗人激情澎湃
挥舞在叠翠流金的瓦寨沟
浪漫在花好月圆的经堂村
追着风
追着雨
奔跑在淅沥的韵脚中
飞扬在如烟如雾的轻愁里
雨中的黑尾蜡嘴雀
刹那啼叫
啼叫刹那
好像在怜悯
又好像嫉妒
停一下
停一下
我唱一首歌给你听听
马拉松诗人为什么如此恋雨啊
六月不知心里湿
天生适合养生的乡村
多少人失落乡愁
马拉松诗人为什么如此恋雨啊
源源不断的夏雨

给了马拉松诗人力量
漫游河包粉条产业园
饱览报恩塔的宋词
如果没有夏雨
马拉松诗人是多么迷茫

玉带河

◎余　敏

你从无涯的荒野中醒来
三生石畔沉睡的等待
掌纹劈开矿山的沟壑
黄金坡掀开尘封的轮廓

风霜敲打过寂寞
深情凝望沉寂的山谷
城阙重启盛世的门
抚平岁月的干戈

一千次回眸
摆渡在蓝花楹的眼波
一万年轮回
崖壁拥抱着湖泊
天地之间从此相濡以沫

樱花撑不起烟雨
醉倒在海棠的酒窝
芦苇载不动白鹭
翩跹在玉带般的河流

云和霞的追逐
山与水的奔赴
你我在浅滩萍水相逢

小滩桥夕照

◎屈智端

一缕阳光
从濑溪河面游过来
润润的，软软的
洒落在阳台上
我伸出双手
牵起一地金黄
晾晒在晾衣竿上
晾干了，缝一件霓裳
柔柔的，暖暖的
披在冬天的肩上

一缕阳光
洒向濑溪河面
给河流镀上一层金光
一声桨响
击碎了那片金黄
清波荡漾
揉碎成一张金色的渔网
我拽紧网绳
拖起一网金色的跳鱼儿
晒网，挂在岸边的芙蓉树上
多彩的芙蓉花啊
散发出金黄的幽香

一缕阳光
在小滩红庙的屋顶上闪耀
幻化出一圈圈金色的佛光
笼罩着古老的小滩石桥
我走上桥
沐浴着佛光
叩响庙门问佛
小滩桥昨天的故事
佛说：你看那桥墩上石狮的痕迹
把故事风化得悠远又悠长

一轮落日
圆圆的，红红的
挂在螺罐山顶的树梢上
我支起一根长长的灯竿
撑起太阳
点亮一盏不夜灯
给熟睡的棠城人民
编织一个金色的梦想
那不落的太阳啊
光耀着盛世荣昌

乡愁乡情

乡愁是什么？著名诗人余光中说：“小时候，乡愁是一枚小小的邮票，我在这头，母亲在那头。长大后，乡愁是一张窄窄的船票，我在这头，新娘在那头。”乡愁是深切思念家乡的忧伤的心情，是一种对家乡眷恋的情感状态。

是啊，对故土的眷恋是人类共同而永恒的情感。远离故乡的游子、漂泊者、流浪汉、移民，谁都会思念自己的故土家乡，谁的心头都会萦绕思念故土的情绪。一个人，如果没有故乡情结，就失去了落叶归根的美好情感，魂留故乡才意味着永生。这种情感常常敦促生活在外地的人要活出人样来，要有衣锦还乡的美好愿望。

乡村风光

乡村人物

◎唐　诗

在深山中点灯的人

在黑暗中点灯的人，红如柿子
除了光芒，还隐隐地带着甜味。这是一朵
偶尔咳嗽的火焰，不再走动的火焰
像老树上的梅花，映着白茫茫的风雪，亮在
站立的地方。点灯的人，白头发
白眉毛、白胡子，像白银打造的一位老人
从大山寒冷的铁里挤了出来，凛然地
带着火的余威。他看到
挂在墙上的镰刀被挂在旁边的辣椒映热
他听到狗吠中也有火苗在嗤嗤地响
一心一意，要把严寒吓退。点灯的人
像灯一样坐了下来，平静而安详
骨头里的疼，蓦然亮了一下
点灯的人，低哼着，万树枫叶涌动
山歌也开始熊熊燃烧。有时
老人把灯当作朋友打量。有时，灯把老人
认成了两鬓风霜的灯。只有
灯盏里的油蓄满了老人的心事，而且
还知道：他的心脏边始终是日出……

插秧人

谁在平整四月？谁在打开秧门
布谷鸟飞来飞去地应答："是他们，插秧人
是他们，插秧人！"他们
弓着腰，很像虹的身架，缓缓移动
他们分着秧，手上的绿色
一行行地布到田里。指头的白云，在优美地
变幻。掌内的老茧，在默默地闹春
他们插呀插，要把尖山坡的山歌，插进田里
让山歌生根，分蘖，拔节，灌浆
扬花，吐出一穗穗新的山歌，再一穗穗
嘹亮地传唱。他们插呀插，要让
核桃村的笑声，宽些，再宽些。响些
再响些。一直延续到八月
延续到同晒场一起欢乐，一起飘香
他们中的大多数，都是打工仔
为了父母的白发，他们在农忙季节归来
为了镰刀的美梦，他们甘于
献出热汗。虽然，他们的身体里，还有
机器在轰鸣。他们的骨头间
还有螺丝在拧紧。但是，他们仍感到
有用不完的力量，尽不够的孝心
阳光灿烂，布谷鸟还在飞来飞去地叫着
有人看见，布谷鸟的叫声
也像插秧人一样，弓着腰身

乡村诗人

他临出门时，一只过路的鸟
顺便叫了他一声。他端详桃花的瞬间
心中已结满了果子。他捧起稻穗
微笑的刹那，爱情的籽粒早就饱满。他忘不了
走向红高粱，地是他的火焰和酒
他屡屡向枫香树致敬，因为
叶子红了的那季，他总能写出无数好的句子
他对一朵白莲花感恩，也许，她的母亲
还存活在洁白的藕里。他面对
野菊花痛哭，并不是野菊花遮掩了
他父亲的坟头，而是乡亲们的日子还这么清苦
他踏雪登上山顶，在那里，他得到
青松的陪衬，同时心怀更为干净
他在一个镰刀状的下午，很想弯了过去
面对那些金灿灿的麦子。他俯下
身子，观察蚂蚁，害怕踩疼了它的脚趾……

在天上飞的人

农民韩五谷，第一次坐飞机，突然
就变成了在天上飞的人。像风
有些紧张，像糖高兴得快要融化。他将脸贴在机窗
看见一朵朵白云，如同他
种出的棉花。不一会儿，霞光照过来
棉花又变成了火红的高粱。他感到
地面上的许多事物都来到了天上，包括他家
漂亮的小洋房，院前的一亩荷花
还有曾经蹲得很矮的想法
他想到，送他登机的妻子一定还站在畅想中

望着他飞，像望着一条长了
翅膀的大鱼。他还在想，在广州打工
打成了白领的女儿，也一定领着男朋友
在那边的机场望着他飞，像等待
一个小小的节日降临。他想啊想，他飞啊飞
眼睛微微闭上，幸福地养着神
蓦地，飞机摇摆了几下，他赶紧坐稳腰身
害怕内心的欢乐，无端地泼了出来

聆听一场春雨（外三首）

◎邓成彬

淅淅沥沥，淅淅沥沥
春天迈着细密的碎步
追着冬天一路小跑
在暗夜看不见的深处
如此贴近睡梦的边缘
谁的呢喃如同天籁
滴入半睁着的耳朵
然后顺流直下
悄悄把内心浇得透湿
痒酥酥的感觉
恰似草叶柔嫩的小手
轻轻挠着大地的皮肤

桃花运

几乎毫无心理准备
就这样发生了一场艳遇
在春天，在三月的虎峰山
陷入无边的桃林
那么多桃树近在咫尺
满坡的桃花笑得灿烂
阳光中频频抛送着媚眼
让人根本无法拒绝

淡淡花香
是一种看不见的毒
悄悄渗进了人的肌肤
甚至骨髓。撒满一身的花瓣
叫我有口难辩
猛然回想起早年
一位算命先生说过的话
我是一个多情的诗人
注定一生命犯桃花

此刻，我感觉如此幸福

此刻，大地敞开胸怀
以无比的广阔接纳着我
阳光恰到好处
一只蝴蝶飞过
一只蜜蜂飞过
它们细小的羽翼
闪动着青草的气息
带来一丝丝和煦的春风
只要张开嘴
就可以尝到空气的甜味
远处的牛哞和羊咩
像是一种穿越
此刻，即使无法回到童年
重返故乡温暖的怀抱
做一只吃草的羊
或者一头反刍的牛
我也一样感觉到幸福

只让你看见我的背影

像一座静止的山岗
盘着腿，坐在高高的山上
默默目送我远行

我不再回头
把自己的背影交给你
我是怕再看见你
憔悴的面孔，以及
被大风吹乱的白发

我不再回头
只让你看见我的背影
我是怕你看见
我踉跄的步履
还有满眼的泪水

故乡啊！我在远方
只有在寂静无声的暗夜
才停下一直奔走的脚步
转过身来，面朝你的方向
眺望

春　回（组诗）

◎兰采勇

春天的心事

已经不再是孤单和忧伤
闪闪发亮的犁铧碰碎冬的闲散
悦耳的牛铃声中倒下一片枯草
希望如沟里的浓雾弥漫开来
芬芳和绿意装饰了故乡的梦魇

这是在春天，万象复苏的季节
雨水和阳光都很充裕
农民们小心翼翼地播种着爱情
每一颗种子发出幸福的渴望
把根踩在自己的脚底
破土的欢畅叠加在村庄的额上
醉了那弯冷月，迷了那河冻水

时光慢慢地长大，故乡的乳房开始膨胀
酥痒的喉咙发出欢快的呓语
不经意间被路过的风偷听
笑红了桃树枝头的蕾
关于春的心事宣告破壳

把梨花写在春天的扉页上

接二连三的春风赶着花潮
涌向城西北的小山丘
那么多的蕾，让山的帽檐丰满
去年的梨花白被写在春天的扉页上
雕琢成一行暧昧的诗句
透明，温暖，洋洋洒洒

蝶影翻飞，春潮带雨
千树梨花撑开千把雨伞
被一溜儿视线劫持
幸福地眉目传情
牵手，热爱，微笑
接近一片失语的嘴唇

此时，阳光和石头站在远处
相互举杯，在那一页诗的馨香中
静静地醉

春风吹

季节的雷声碾过村庄
然后是一场若有似无的风吹过
醒了，紧闭的门扉
天上的白云开了花，踯躅
在屋后的山崖

冻了数宿的湖睁开眼
看着抽芽拔尖的枝条
踩着春风的小径

触摸一段爱情的耳语

母亲编织的篱笆绕过桃红柳绿
成片的油菜花肆意张扬
吆喝蜜蜂虫鸣和蝴蝶的飞翔
一只蜻蜓衔着时光的短句
走走停停，身后尽是幸福的期盼

春风吹，吹醒了东家
惊动了西家
一阵碎碎的雨
在我们身上幸福地度过

三月，与阳光同在

把冰碴忘记，把光秃秃的词语忘记
空气蠢蠢欲动
鸟鸣衔住春的扉页
让乡村的每一寸肌肤都温暖
三月的阳光
在青草背上，在透明的蕾上
从根的底部不断向上生长

母亲从里屋抱出棉被
掸去一冬的沉闷
父亲扛起生病的锄头
将阳光的碎末塞进泥土的芬芳
扭过头时，听见
麦苗拔节时噼啪噼啪的声音
此时，父亲嘴里的旱烟
在三月的阳光下笑成一条曲线

我们的爱

◎米　泛

我们的爱，如初春枝头新萌的芽
涨红了脸
迎着春日的暖阳
一天天膨胀

我们的爱，如仲夏漫过河堤的水
涌动着浪
逐着垂柳的倩影
一缕缕荡漾

我们的爱，如深秋染红万山的叶
跳动着音韵
随着岁月的起伏
一节节奔放

我们的爱，如隆冬静默大地的雪
酝酿着梦
等待希望的曙光
一丝丝照亮

日常风景（组诗）

◎葡　萄

熬夜的人

像每个没睡醒的清晨
那些高清的梦里的故事
退化成像素的影
嘲笑你曾信以为真

嘲笑你想再睡一会儿
想再见一见走失的伙伴
他们孩童般的脸和幼稚的灵魂
哪一个不比面前的白开水
更能体贴手心的冷

不敢说出的念头
就这么失去了价码，脱离了责任
7 岁的小孩没被失手推倒而哭泣
11 岁的少年没有因误会而分别
23 岁的损友没有学会不顾一切
还能在所有失眠的夜里数星星
感叹它们的美，仅仅是因为距离

像每个熬夜的凌晨
胃口发慌的人和心里发慌的人
都在期待一点点
一点点不谋而合的共鸣

一点点不劳而获的奖赏
或是，一点点不一样的消息
什么都行

喝水的人

喝一口水
咽下三个月虚掷
承认起早贪黑的人
也有一百个半分钟空闲
直到贪睡者沉醉于肖邦的音符
也学会了漫不经心

喝一口水
咽下六十行任务清单
对每一个精心预订的催促
视而不见
用水淹没它们吧
会游泳的人总会自己上岸

喝一口水
咽下一百零一个密码
再也想不起
用那一串字符打开昨日的渴望
一个又一个明天遮盖了
危险的气息

水，是你的引诱者
你起身，打水，烧水
等待它一点点放凉，或重新加热
你喝水，在任何你不想喝的时候

然后，你弄丢了办公室的钥匙
好几年没进去过

博物馆

他们一定有过共同点
灰烬和火，奄奄一息
相互给予并盗取
那一点点不甘，攻击一切敌意

紧紧盯着，他们用一颗好心打着坏主意
为一个例外，如此耐烦
直至被所有的墙隔离
雷雨过后，皮囊松动

某一天，没有提过的问题有了答案
某一夜，提过的问题一再更正
发烫的灯，吸引蚊虫
经验在意识中战败了
保持一致，用轻松描绘疲惫

晚饭能复制吗？
向日葵停止生长
因为它看见，有人用两种发色
迎接太阳

报废的汽车
撞到没有姓名的动物
因为它听到，有人用两种声音
微笑

一直在助跑的人，把墙砸碎
一直闭嘴吃饭的人，用空气
炫耀满口坏牙

那些没能进化成人类的
是人类最好的母亲
它们从没有教坏任何一个孩子
也从不偏袒例外

那是一个庄严的日子
一只蚊子乘在一片雪花上歇脚
晴天里
伤口灼热，翅膀清凉

乡村歌谣（组诗）

◎孙江月

白米饭

白米饭，
匀又匀，
看着看着心儿甜。

妈妈田头割，
爸爸肩上担，
日出即锄禾，
月升始回屋。
爷爷生柴火，
奶奶灶台忙，
门外狗儿叫，
炊烟房顶冒，
锅里咕咕响，
米饭快熟了。

白米饭，
香又香，
吃着吃着念故乡。

十五中秋

八月桂花香，
十五月亮明，

城里吃月饼，
乡下打糍粑。
饼儿甜，粑儿糯，
你一口，我一口，
大嘴小嘴合不拢。

我在家，你在外，
猫儿狗儿都在望，
但愿早回家，
千里盼团圆。

月饼大，糍粑热，
跟着月儿一起圆，
一起圆……

八月瓜

八月瓜，
藤上挂，
果儿熟了像月亮。
你来找，我来摘，
弯弯挂在山里边。
八月瓜，
胭脂红，
肌里嫩滑白似雪。
我来找，你来摘，
高高悬在半岩崖。

八月瓜，
九月炸，
娃娃吃了笑哈哈。

你来找，我来摘，
鸟儿盯着叽喳喳，
叽喳喳……

芭茅花，荻苇花

芭茅花，白亮亮，
荻苇花，毛茸茸。
尾巴翘天上，
弯弯像月亮。

风儿吹，杆儿细，
摇摇晃晃山坡上。
哥哥采一根，
妹妹衔嘴边。
野鸡咕咕叫，
狗儿追不上。

芭茅花，荻苇花，
摇摇晃晃山坡上。

茅草根，茅草花

小小茅草根，
密密河边长，
白白花儿开呀，
浪花为你唱。

青青茅草根，
悄悄路旁站，
白白花儿开呀，

风吹你荡漾。

纤纤茅草根，
婷婷坎上立，
白白花儿开呀，
好似小美人。

稻谷熟了

远看是风景，
近看是稻谷。

父亲用镰刀收割稻谷，
我用眼睛收割风景。

栗子，十月的乡村

十月的乡村，
惠风袭身，
稻香拂面，
我站在栗子的贡米之地鸟瞰。
一梯一层，
一层一梯，
层层梯梯，
谷穗如同光芒，
闪射四野。

穗子如同金子，
铺垫大地……
这是苍生的口粮，
这是百姓的风景。

风雨中，
农夫用镰刀收割口粮，
我用眼睛收割风景。
口粮一万年，
风景一亿年，
不衰，不褪！

华平，柿子熟红了

这乡野，
这村庄，
这乡里，
这乡亲，
满衣泥土，满脸沧桑，
院落里，院坝上，
树上的柿子，
高高地挂着。
有的红红，
有的青青，
它们，
在我心中，
红着的是小太阳，
青着的是小姑娘。
我们伸手来摘太阳，
我们翘嘴来亲姑娘。

这乡野，
这村庄，
这乡里，
这乡亲，
满衣泥土，满脸沧桑。

红红的小太阳啊！
青青的小姑娘哦！

金香山的油茶树

到底是人间的山啊，
还是仙界的山！

到底是人间的油茶啊，
还是仙界的树！

花朵繁星般地开，
果儿密麻麻地结。

香气在雾中飘啊，
云岚在身上绕。

人来此山中，
是仙是人辨识不清。

金香山呀，
处处披着翡翠的美。

是梦境，是仙境？
你我的胸襟如画屏。

一根根绿绿的油茶哟，
是一把把脱贫的伞。
葱茏的山坡呀，
丰饶的油茶林。

小伙子来了呀姑娘不看，
她两眼儿直瞪着圆圆的果。
商车开来嘟嘟地叫，
一篓一箩往车里装。

阿爸阿妈笑热了脸啊，
手心的票子唰唰响。

新时代，新农村，
丰收的汗水淌不尽。

金香山的油茶呵昨夜又开出新花，
我们等着明天去摘红玛瑙！

冷玉山，红籽烂漫红欲燃

冷玉山，一座壮丽的山！
一座红籽基因库的山！

这是深秋，万物都已沉静下去，
独独冷玉山的红籽没有沉寂、沉默，
你如火妖冶，不，
你燃烧了，你喷薄了，
你如火山一样的喷薄、燃烧了！
是啊，
这是野火，这是火苗，

在燃烧，在燎原，
这是地火，这是火光，
在迸发，在焚烧，
这是岩浆，这是火焰，

在躁动，在沸腾，
不，是亿万年前，
火中的凤凰，
在涅槃，在超度……

冷玉山，方圆一万顷，
处处生长着这样的火棘！
是天上的珍珠，
是人间的玛瑙，
是天底下的红宝石，
是大地上的闪闪红星，
是先民的丹穴彩画，
不，是亿万年前，
女娲炼落的金丹……

今天，站在这里，
我的眼睛啊被你彻底照亮了！
我的心扉啊被你彻底点燃了！

我的城乡地理（节选）

◎何真宗

一只鸟

一只鸟　在窗外叫着
像在叫一个异性的名字

我知道它叫了很久
应和它的
只是它自己的回声

直到有一天我搬出暂住了几年的出租屋
它还在叫着
在一个有钱人家的鸟笼里

我不知它还叫多久
反正我走出了货架一样的高楼

土　鸡

五谷杂粮喂养大的土鸡
在城市酒楼里的鸡笼里
掩饰不住进城的喜悦
说着土里土气的乡音

一些土鸡　带着梦离开了鸡笼
还剩下一些土鸡

没有了同伴的回音
孤独中盈满了乡愁

这时一个说着乡音的老板走过来
土鸡兴奋得用土得掉渣的乡音与他相认

说着乡音的老板
果断地转身对写菜单的姑娘说
再来一个板栗炖土鸡

又是一年春运时

春运　像田野上的一粒种子
北风一吹　就长成一种植物
丰满的　坚韧的枝干托着果实
在风里摇曳
几十万株　或更多的植物
以覆盖的方式站在地上
不让大地露出一寸肌肤

乡愁是什么?
乡愁就是春运里的一声呐喊
在内心里澎湃　在胸腔里轰鸣
在空巢老人守望的迷茫中
在留守儿童懵懂或熟知的等待中
在家乡的田野上　被野花淹没的坟墓里

乡愁啊，乡愁啊
就是一年春运时，那一条回家的路
和那一条　回不了家的路
在村庄　在田野　在老屋的房顶

尽让春天开花
尽让夏天结果　尽让秋天落叶
尽让冬天　突兀地露出
丰满的　坚韧的枝干托着果实

回家这个词

“回家”——这两个字合在一起
看似挨得很近
读起来　却会让很多人
读出泪花来
那泪花就像一条长长的路
那泪花就像一条深深的河
在眼睛里打转
在内心里徘徊

假如　我们把“回家”两个字
拆开了来念
一个是“回”
像两个大小围起来的墙
把一个“家”
挡在外面　让很多的人
记得到家的方向
却找不到回家的门口

假如
我们把“回家”这个词
当作春节来临前的一声问候
在异乡的民工中间传递
在春运的旅途中间传递
在老家的亲人中间传递

我想
我想
无论距离有多远
都会传出一句亲切的回应
——回——家

桂花，桂花

桂花　桂花
在江南　等我来　从白天
等到夜晚　金黄的白色的花朵
我看不见　就像我看不见
穿行在生活里的疼痛
你款款身姿　黑色的优美
在扑鼻的浓香里　我只有抚摸
只有沉默　看着你将周围的
泥土都香透
桂花　桂花
一场秋雨一场寒
月光的身子很软　思乡的部分却很硬
顺着翠屏双塔的古韵爬过去
江南江北都能风生水起
桂花　桂花　你旁边高楼的墙里墙外
尽是蟋蟀的低鸣
秋风啊　当一年一度的秋风吹来
再次吹来
我的桂花　江南的桂花
掠过秋天以北的旷野和村庄
交出一片乡愁　和苍白的赞美
在桂花匍匐的露珠里
不成风景也尽风情

泥土怎能无芬芳（组诗）

◎杨长虹

告诉泥土，我爱过深秋的落叶

告诉泥土，我爱过深秋的落叶
像一段毫无意义的跋涉
我被心中的马匹缠绕
请允许我餐风宿露
带着梅花的香气
细数春天离去的背影
那是在等待下次重逢

诗歌是一张床，看青春招摇
看一个俗人种满星星的幽怨
核对一生的伤口
我重回人间的那一刻
大地干净，百鸟朝凤
一个转身的距离，完成际遇中的相认
或者，烟消云散

春天，它在我眼里迅速生长

剥开冬天的旧衣裳
这个早晨，我看见新鲜的春天
顺着阳光的方向，迅速生长
桐花喊开就开了，不留任何悬念

采薇采薇，棵棵鲜嫩
春天不老，童心就不灭
敲锣打鼓的山野正是一片绿肥红瘦
高高矮矮的期盼借着春天做鼓点，敲一个天荒
一个地老。无家可归的人，有了依靠

走进这个春天，我的思想早已从春天的肩头出发
噙着春意，在黛山秀湖间游走
再一次触摸到了大地的脉络，流回我心房

乡下刚刚诞生的小女孩

◎廖选勇

小路的两边长满了蒲公英
秧田里游动着小蝌蚪
竹林里往往有蛇出现
空气里弥漫着薄荷的味道

小溪从屋角流过
驴蹄风悄悄地生长
螃蟹在石缝里守望
炊烟升起黄昏的时光

小女孩哭红了西边的天
老爸爸欣喜若狂
老妈妈端庄慈祥
这个夜晚是无比的漫长

小小的面孔如花朵
明亮的眼睛似星光
像一枚脆嫩的地瓜
在柔软的泥土里发出清香

东边是一笼竹子
有竹节虫
有遍地竹叶
啊小女孩
你是竹林下冒出的精灵

西边是一棵梨子树
梨花白
梨花带雨
啊小女孩
你是梨子树下降临的公主

前面是小溪
垂柳依依
流水潺潺昼夜不舍
啊小女孩
你是小溪边漫步的小天使

后面是菜地
南瓜花开满了哟葫芦花嫩白
麦苗青青
啊小女孩
你是庄稼地里打滚的泥巴娃

亲情四则

◎黄裕涛

父亲的白发

父亲的白发
诠释了责任与坚强
那些风雨飘零的年代
注定了长子的担当
那些成家立业的辛劳
回应了妻子深切的期盼
和一群孩子的贪婪与索取

父亲的白发
打满了朴实的补丁
说的是朴实的道理
过的是朴实的生活
快二十年了
那件棕色的T恤衫
依然留存着我读书的味道
和一小圈洗不尽的墨迹
还有我鼻子的酸涩

父亲的白发
述说着与矿山的难解之缘
如江河奔流浩荡
黑黑的脸庞
映着红色的心灵

四十多份荣誉
四十多个平凡的故事
那是一首婉转铿锵的歌

母亲的叮咛

好好学习
要听老师的话
不知听过多回了
耳朵起了茧呀
还录入了我的心
不知不觉中
又播放给女儿听

好好工作
别见钱眼开
工作了二十年
就叮嘱了二十年
从青涩的菜鸟到奋飞的山雀
站在枝头远眺
我要守住那片属于心中的绿地

少年夫妻老来伴
要珍惜缘分啊
母亲总是把那些浅显的道理
揣进我最贴心的衣兜
就像埋下一粒种子
还要守护一生的成长

我亲爱的母亲啊
您施过多少肥

浇过多少水
您流下过多少泪
又收获了多少果实啊

妻子的眼睛

那是一双深情的眼睛
穿越了千年的相思
换来了一生的相守

那是一双美丽的眼睛
明媚而无比灿烂
让我从此不再孤单

那是一双爱哭的眼睛
容不下半粒沙子
也容不下冷漠与委屈

那是一双智慧的眼睛
把枯燥的柴米油盐酱醋茶
编织成五彩缤纷的生活交响曲

女儿的小手

胖乎乎的
如新生的嫩叶
挂满了晶莹的露珠
给我一个细腻润泽的世界

暖乎乎的
如初升的太阳

驱赶了心中的雾霾
给我一种坚定真实的自信

傻乎乎的
如打翻的水彩
留下了斑驳的尴尬
给我一幅无限遐想的画面

桃花溪水绿春风（组诗）

◎季　川

桃　花

在那首著名的唐诗里
你与人面，并没有走散
在梦里，情牵依旧是你
最美好的选择

春光乍泄，既然现身
不妨就做好自己
在内心里爆炸吧，一年一次
真的可以治愈
那场相思病的病根

三千弱水，我只想取一瓢饮
十里桃花，我只愿为一人红

溪　水

注定与山涧的时光有关
注定与小桥的走向有关

鸟鸣在动，你也在动
青草在长，你也在长

你流经的石头越来越精神
你赞美的日子越来越漂亮

你的浅吟或者低唱
都是大地掏出的肺腑之言
也是我思念故乡的一千个理由

春　风

我愿意为你打下一座江山
让所有沉默的河流开口说话
我愿意为你指引一条大道
让所有的春光给你们坦然带路

我愿意填写明月皎洁的身世
把一片片温柔种在你的心田
我愿意带着鸟语花香的问候
把一个个牵挂送达你的心尖

我愿意铺开那些辽阔与前程
让蓬勃的信心与奋斗快马加鞭

四季恋歌（组诗）

◎黄裕涛

春

在时间的拐角处
一片浅笑低吟
一袭淡淡的花香
一抹葱茏的绿
拥一米阳光入怀
将那块坚冰一样的心
瞬间融化

是蜜蜂的亲吻
颠覆了孤傲的挣扎
还是燕子的呢喃
诠释了生命的轮回
蓦然回首
那些辗转无眠
那些万千思绪
那些日日夜夜啊
只是为了今时的相遇

夏

你来到湖边
与鱼儿们窃窃私语
你来到荷塘

把莲花打扮得如此娇艳
你来到原野
来一场花草树木的时装秀
在火辣辣的阳光下
你将所有的感受尽情释放

一阵狂风
卷走了所有的诺言
一场暴雨
淋湿了温存的浪漫
是纯朴的相恋
还是鲜明个性的表达
是自然的杰作
还是浮躁的本真

秋

掬一把清凉
拾一片枫叶
拥一簇菊花
捧一枚果实
金色的夕阳洒满陡峭的山坡

从未有过的厚实
从未有过的深情
为一段艰难的历程注解
为这个收获的季节祝福
一切的一切
那么的真真切切

从懵懂的情愫到丰满的表达
从萌芽破土到茁壮成长
从烈日炙烤到恬实自然
从狂风暴雨到山川明净
一泓山涧的清泉
已发酵成一壶醉人的美酒
绕过九曲十八弯
浮云不再遮望眼

冬

风　给大自然一个严重的警告
雾　遮挡了你靓丽的双眼
雪　僵硬了山川河流的表情
雨　钻进了大地之腹
孤寂　寒冷　抗拒
还有枯萎和单调
花红柳绿去哪儿了
骄阳似火去哪儿了
瓜果飘香去哪儿了
是你哟
用最宽广最自信的胸怀
把它们储藏起来了

远山　承载了一份深沉的思念
腊梅　在清幽的角落悄然绽放
青松　挺拔着伟岸的身姿
小麦　已经蓄势待发
呵
凋谢并不是终结
而是孕育新生命的起点

故　人（组诗）

◎罗明清

飞　鸟

一直在躲树的荫
从未想过要还情
捎带一程，抑或代孕
都是很偶然的行为

岩壁上的后生
面相友善。似有前世的缘分
歇个脚，施以果实
就像在感恩

自不知何德何能
还可受惠于树子树孙

枯　树

站立，还是棵树
只是没了招摇的叶和好看的皮色
还有鸟儿前来歇息
干枯的枝条
还能弄出些风言风语

有菌朵往身上爬
有蚂蚁在体内建造豪华的宫殿

还有一些深层次的苔藓
窜出根来

倒下
只是个时间问题

悬崖上的花

无名无姓。并不信自己是个野种
一只鸟的后裔
攀云附雾，不知不觉就被一股风
吹落

开放很高上
凋落很低下
命运，陡峭如山势

并不是一只鸟的孽债
只是冥冥中的安排

灌木叶

衬过的花，谢了
罩过的荫，没了
鸟儿飞去了远方
蜂蝶之事
烟消云散

无心盘点枝丫得失
只想在一场大雪到来之前
把今生的幕

谢个金黄艳红

即使在寒风中魂飞魄散
也要精彩来世的路演

一条小溪

只有顺从山势
曲折行为
才能出头江河
最终抵达大海

坠崖成瀑
是对生存本领的
不断操练
落渊为潭
也只是一种力量的
休整和积蓄

逢沟委身
遇石绕弯
正是胸怀江湖之志的
识时务之举

若是盲打莽撞
不讲策略
只会困死于山谷
永无出头之日

村口的雪花

专注于喂养怀里的麦苗
心里想着如何越冬和春天的长势
不愿抬眼去看
外面的世界

她知道菊花和梅花的事迹
认定自己是水做的，属于云朵和风雨
麦苗就是她的命

她宁愿就此席地成冰
慢慢融化
也不忍眼下这块麦田
有个什么三长两短

故　人

岩石上的鱼
眼睛里噙满了远古的暗语

风，吹乱了你的长发
而所有敞放的草木
都视你为最亲近的牧人

山势荒芜
月影是你脱落的长裙
深埋丛林的人
已投胎转世为倔强的灌木

誓以血性的纷飞
点燃最后的雪域

生锈的锁

锁住了那间屋和那间屋
香艳的故事。蜘蛛网网住了透风的墙
也网住了勾魂的
动静

那里没有拆迁
只有左邻和右舍的改变

那把生锈的锁
一直没人敢去动（包括知情的强盗）
就像里面锁着魔

有一把钥匙，被一个人藏在心底
也正在一天天
生锈

那个夏天

◎周冬梅

老黄牛无路可逃，潜伏在水里，囚住自己的爱情
不悲不喜的芦苇总是摇曳着乡村的花絮
叫一只打捞爱情的翠鸟
无法立足，锐利的眼睛，救不起一颗失落的心
河边的青草没完没了的缠绵，来生今世
草戒指从一只手套在另一只手
试图套住夏天的激情。有朵狗尾草翘起来了
一些无关痛痒的情节默默开放
映衬着平平淡淡才是真的场景
两棵树，表情幽怨，站得似乎有些麻木
超过了心的距离
绿叶对根的情意，早已飘在风里
我插秧，故意把水搅浑，摸鱼
责任田睁一只眼，闭一只眼
保留住生活的现场
一些不雅的情节被她抓住
长成稻谷的形状，干瘪，无言，比冷还冷
河里流动的鱼，成群结队
向生活示威：我的人生我做主
河流，休想把我的梦想弯曲
一只蚂蚱在线上乱蹦
口出狂言：我就要蹦出每一个秋天
这句话炸开了沉闷多时的乌云，追逐着爱的闪电
最终，一些火花在萤火虫的憔悴中熄灭
一声叹息随着尘埃落定

行囊里的乡愁

◎陈春明

1

正月初七的雪花
凝固成团圆的温暖
父母，用新年的祝福
为我，整理
远行的行囊

一块块腊肉
一节节香肠
记着，这是给你姑姑的
这是给你老舅的

一个个土鸡蛋
带着父母365天的唠叨，和
手捂的余温
陪我流浪远方

一个个柑橘
带着乡土的记忆
带着离别的依恋
在异乡的星空下
酸酸甜甜，甜甜酸酸

2

还有鸡呢，还有
喂了多年的鸭子
都是自家养的，不花钱
还有青菜、萝卜
都是自己种的
比城里的吃着干净

我的行囊，早已
沉重得无法起步
父母装进这样，取出那样
这包、这桶、这口袋
儿呀，你怎么就只有一双手呢

3

父亲帮我拎着桶
母亲帮我提着口袋
我背着乡愁
在初春的低吟浅唱中，等
远行的班车

父母没有问我
什么时候再回家
我也无法开口，叮嘱
七十五岁的父母
保重、保重

只有，满脸的不舍
两眼的泪花，和
偶尔响起的鞭炮声

4
我还欠您一首诗

昨晚，说了几句梦话
醒来，居然印在门前
刚贴的春联上

时光虽然老去
欠您的诗却已经临盆
在腊月的寒风中
绽放成新春的祝福

其实，我欠您的诗
早还了，写在
每次见面匆忙的脚步里
写在，每次问候的牵挂中
写在，异乡月夜的柳梢头

其实，我欠您的诗
永远不想还，也还不了
因为，诗在梦里
您在诗里

叫一声爸爸
喊一声妈妈
虽然，不知什么时候
变得很奢侈，但
真的很幸福

风的季节

◎周　雪

新鲜的云朵飘上屋顶
呼呼掠过的凉爽
唤醒沉睡的瞬间
大地亮了起来
风，将色瓶倾倒人间
蓝的、粉的、紫的、白的
重新传来生机的信息

飘逸的蓝色
是新的风景
看不见的脸
在风中穿行
静，让一切反思
重寻安宁与美好

复活的泥土与虫鸣
随风飘散
将所有不安与躁动
慢慢抖落
悬着的心
与风起舞，再次尘埃落定

轻风吹来
春暖花开
跟阴霾道一声再见

让风，吹散
生活的艰辛
工作的苦恼
与风，耳鬓厮语
一吐心中压抑
往事成风
一切，从头再来

无法忘却的乡情（外一首）

◎牛保军

尖尖的笔端
游离着
风筝般的思绪
呼啸的北风
捎带着
一段渴望的恋情

缕缕炊烟
代为千般柔情的手
在已成丝般的心坎
拨弄着
萦绕的愁

千山鸟飞绝
万径人踪灭
冬眠的蛇不愿醒来
唯有我思念的步伐永不停歇

荡在游子心间
慈母的期盼
撒落一天的星星
撩人的乡音
摇篮般
飘荡着弹弓的乐趣

岁月拉扯墨迹
乡情最是无法忘却

方　言

方言
是盛开在乡间饭场最常见的野花
方言
是乡里乡亲最质朴唯美的语言

我曾是个地地道道的泥孩子
至今还生活在乡间
红砖　青瓦　矮庭院
鸟鸣　炊烟　花果甜
若是三天听不到方言
就像没奶吃的婴儿
郁郁寡欢
远游的季节
听几句方言
乡愁不再是凝重滴水的云
停止无休止的扩散

方言
是我与村人的名片
你我偶尔相见
掏出几片方言
眼前已是
花开　春暖

英雄徐前凯颂

◎李德佑

那一瞬间
没有一丝犹豫
没有一丝虚伪
你奏响的是
人生最壮美的旋律
短暂
却又永恒

那一瞬间
来不及想
值
还是不值
你果断挺身
用一条腿
让壮举的意境
顷刻升值

那一瞬间
荡气回肠
感天动地
让我们读懂了
什么叫英雄本色
让我们领悟了
华夏千百年来
不朽的精神

那一瞬间
你
为传统美德注入了
新的时代内涵
那一瞬间
你
为价值观竖起了
导向的标杆

啊
英雄徐前凯
荣昌
为你而骄傲
棠城
为你而自豪
啊
英雄徐前凯
请接受我们对你的
最最
崇高的敬意

致敬英雄

——探访抗美援朝老战士屈智常

◎屈智端

70 年前
鸭绿江刚封冻的江水
犹如一本历史的相册
封存了你 20 岁的英姿
——肩扛钢枪，雄赳赳，气昂昂
你回头一望
把祖国的山河印进胸膛
你匆匆地，匆匆地消失在朝鲜的山岗上

云山上炮声隆隆
犹如一曲雄壮的交响乐在奏响
你是当中的一个琴键
敲响了走向胜利的乐章
平壤街头
你匍匐前进，抢占阵地
汉江岸边
你蛟龙出水，冲破敌阵
“三八线”上
你用脚步丈量
猫耳洞里
你把“我的祖国”唱响
上甘岭上
你挺举战旗高高飘扬

你与战友邱少云打过伏击战
让愤怒的火焰烧得敌人心惊胆战
你跟着战友黄继光冲上暗堡
把仇恨的子弹射进敌人的胸膛
你与千千万万的志愿军战士
用躯体筑起一道铜墙铁壁
让祖国的山河——安然无恙

胜利了，你凯旋
解冻的鸭绿江水
映照着你青春的模样
——肩扛钢枪，雄赳赳，气昂昂
你回头一望
朝鲜的山岗上
闪耀着你英雄的荣光
你悄悄地，悄悄地回到故乡

今天
祖国不会忘记你
你的胸前挂满勋章
人民不会忘记你
孩子们为你献上鲜花
把你的英雄事迹传扬

让我们深深地向你鞠躬
——致敬英雄

秋　来

◎唐成林

滚烫的温度
冰镇的冷饮
这个热情的季节
给了我们酷暑
也带给我们清凉
夏天已过
再见
又是明年

河畔的海棠
是老去的故事
嫣红的脸颊
逐渐褪去色彩
少年应知光阴贵
争朝夕
莫等白了发丝
空余悲

村　庄（组诗）

◎李美坤

太　阳

那些去世的亲人
在雨里下完葬
第二天，明晃晃的太阳
就挂在东山上了

我很奇怪这种天气
仿佛人世间
从来就没有过悲伤一样

一个人死后的生活
是活着的人，对他的回忆——
他的呼吸被风带走了
他的名字，简单成一个符号
他用过的镰刀，柄松了
他坐过的门槛
蜷缩着一只打盹的猫

但是太阳一直会照在田野上
田野种子发芽，稻穗弯腰
在水一样流淌的日子里
活着的人，一茬一茬生长
他们的语气、动作
跟死去的亲人越来越像

稻　穗

暮霭里，他从田间
挑回最后一担稻谷
第二天的晨光中
他戴起草帽，手拿镰刀
又走出了门

到母亲叫我喊他吃午饭时
镰刀已别在他的腰上
像牵着迷路的我们回家
他分开稻草，撵走麻雀和蚂蚱
手里捡回一大串
遗落田间的稻穗

那时候，他脸上细密的阳光
在汗水中渗出油亮
这些年，每当我抬头注视
黑白相框里，他把微笑
留在当年他挂稻穗的墙壁上

凤凰村

村里的老会计去世了，刚刚下完葬
他的儿孙们，顾不上烧头七
就纷纷赶往车票上的方向

一条小河，被一个外地来的养鱼人
蛮横地拦腰切断。旧石桥不见了
吃草的牛不见了，浣衣的妹妹不见了

还有田土，在荒草肆虐中一次次退守
屋檐下守望的，除了石磨上打盹的猫
还有一棵掉光叶子的老槐树

这些年公路越修越宽，车越来越多
村里的袁老头，他初一十五去凤凰庙烧香
大约也没掐算出，人都被载去哪里了

凤凰村，多好听、多美丽的一个名字啊
但凤凰村已经没有凤凰，只有废弃的村小
养了几颗寂寞的星星，一群鸡和几只羊

村庄的麦芒

一只只蚂蚁，它们小心翼翼挪动着
在麦芒上，阳光是它们内心最灿烂的想法

大地由青变黄，这丰收的汁液，在风中
铺展，又铺展。一头牛，终于停止了吃草

这多像我的父亲。在麦芒后面疼痛地活着
然后慢慢老去。像炊烟下，那扇斑驳的木窗

鸟　鸣

照例，清晨
我被一阵鸟鸣叫醒
推开窗探头张望
我很想知道，叫醒我的
是不是昨天那一群

踩着露水出门
我三步走一步停
跟着一只麻雀蹦蹦跳跳
我是想问问，它是不是
清晨最早叫醒我的那一只

多少年的单曲循环
它们依然唱得有滋有味
我甚至打算走到它们中间
在某一天，某个时刻
试一试，怎样叫醒自己

夜　晚

夜晚，白天的蚂蚁
都不见踪迹了
风，吹向蝉声里的暗
我一个人走过
空旷的寂寥
多想取下街灯的灯罩
穿在身上
让自己亮一会儿

哲思意象

有这样一句关于哲思的名言：“播下行为的种子，可以收成习惯之果；播下习惯的种子，可以收成性格之果；播下性格的种子，可以收成命运之果。”在浅显的表述中，蕴含着深刻的哲学思想，这正是普通人需要努力的方向，以及端正生活态度的启示。

一朵花，一片叶，一滴露珠，一颗石子……它们在自然界普通极了，似乎任何人都不必在意它们是否存在。其实，它们和万物众生一样，是有生命的，也有情感，有梦想，有追求。一朵花，它渴望满园芬芳；一片叶，它期盼茂密森林；一滴露珠，它追逐大海的脚步；一颗石子，它守候着高山的执着。

灯光下的城市

醒　来（八首）

◎冉　冉

醒　来

我要大清早醒来
就找回睡眠

抓住他　酿酒师
他醉坏了满城的闲人

该重新定义死亡了
江边的催眠师
嘴醒了　手还没回来

造梦者都是手艺人
右手山重水复　左手柳暗花明

醒和醉的边界在哪里
他们拖着旧春光
我拖着新渔网

如　果

如果真有一个共同世界
我看见的蝴蝶在你眼里也有了
同样的舞姿和芬芳　吹拂它的南风也相同
（也是拐了弯的北风　也是从吹凉了骨髓

又把火焰吹得到处都是的北风中
抽身而出的南风）
你信那个世界吗　在那里
只要我们张开眼就可看见同样的吹拂
同样的飞舞和滑翔　如果你信
且感受到了我们相同的目光
为何还要把那棵黑得像烟囱的树
扛到梦里去开花呢

樱　桃

一万颗樱桃粘在我身上
甜言蜜语地问——
你从来没有试过　用这么多宝石
装饰你的梦境

我坦白：从来没有
我的梦像嶙峋的礁石
刺破了大海
每滴海水都裸露出惨白的盐

那是它的骨头和光芒呀　樱桃说
你触碰海水　就像我们触碰你
你装饰海水　就像我们装饰你

我深深地舒了口气
果然　梦的废墟
像烟花中的山城一闪

养　蓝

我不知道　要多美的睡眠
才能养出湖水的蓝

西湖　太湖　青海湖
我在梦里尖叫　湖水有电
又酸又辣的电　是我在深夜
触到的宝

潜得越深　寻得的珍宝就越多
梦装不下　我就打开遗忘的口袋
哦　我蓝得透亮　真的没有失眠

瞧　我头颈的蓝是紫蓝
由我的棉和钢养成
胸腹的蓝是湛蓝
由我的冰和火养成
腿脚的蓝是蔚蓝
由我的风和浪养成

唱　片

鸟在我影子上停了片刻
像一枚唱针转动我的唱片

大片鸟鸣中　我听到了
寂静　那是我的高腔和花腔
我的独唱与合唱

被拉弯的咏叹调
仲夏般肥美的和声
我还是习惯念白　用饱经炎凉的嘴唇念
把圆念到缺　把空念到虚

经久不息我的停顿
多么羞愧　我曾划伤大地
就像一颗折断的唱针

空　白

他留下的空白
刚好可以安放我的墓碑

我要在碑上刻写他的名字
并为他献上一束荆棘

他曾经替我活
如今替我死

我替他做完了今生的梦
又急着替他做来生的

梦的栅栏上　有他手书的木牌——
“这里埋着梦的反应堆　非请勿进”

天　涯

这是修剪过的草坪
像酣睡的海洋

狗也化过妆　它咬过的地方
如狗尾草拂过　痒痒的

玫瑰在指缝和腋窝开满了刺
这突兀的花儿　孤单且自满

藏而不露的百花
走上了迷途

这不是春天　是天涯
回头就见碧波万顷

不要在这里挤奶　如此多的
幽闭者　遥远星宿的回声

坦　途

这么长的道路绕成线团
我偏爱一小段坦途

打马走过　马是瘸马
胜过汽车和火车

好年轻的司机
我用一生换他的车轮

多么难堪　前面是绝壁
后面是燃烧的山城

万只车轮宛若游龙
坦途太短　装不下

我就想抬头看看浮云

◎林　海

五十很慢，五十很快
存在的空气很新鲜，我望着一对泛黄的照片
我置身其中，仿佛感到白发像飘逸的风帆
在一片奇异河床的曲线中发出微笑
知天命：河水很静。水上有明月
而河中却有诗的漂流瓶
但这样的漂亮太寂寞，像日暮乡村。是的——
我可以面对寂寞，将寂寞打入我精神的血脉
在这个世界，时间就像一卷发黄的书
但可以在其中找出带有黑色的文字
无知、苍老、无奈……
故事就此开始
无论我走到哪里，时间总把我纠缠
现实、历史、时间、空间，包含太多的梦想
而我却偏爱天空中那一片浮云
在所有的梦想中，我就看见藏书楼
在所有的物质中，闹到最后的是时间
在所有仪式中，讲述的是相同的故事
人与人的相同在于都有眼睛
而不同却是血液的流动
流动之一种是：他们的内心
“知天命”，我是一个看云的人
我就想抬头看看浮云

时光的味道

◎巴　雀

我从艾略特的荒原走过
那发霉的气味让人窒息
从一个昏黄的夜晚
一直等到深秋
不经意错过了那粒春雨

本来应该发生的故事
漏掉藕花的羞涩
化为一辈子的追忆
那一寸蜡烛的泪水
养育了一段悠长的相思

正午阳光下
飘摇的影子汗水淋漓
突然想起麦田里的鸟叫
当月亮把清辉掷满冰冷的大地
才知道想你的日子已进入冬季

明年春天花还会开
青涩的果实布满盛夏
守望金秋野菊花疯狂的山谷
冰封不了那一天天老去的记忆
你在我时光的烟雾里若隐若现
想你的时光如此清香
如一管缠绵轻柔的芦笛

诗意生活（组诗）

◎李尚朝

垂　钓

垂钓的人在鱼的窃笑里打盹
他梦见两片云和一桩婚事
垂钓的人，浮标躺在水上
重复着说一句话

重复着一种梦呓，重复着
一种生活和想象
一种安恬和放纵
垂钓的人，他把鱼竿插在岸边
他把鱼饵投在水里
他把思想放在天上

阳光照着公园

那两棵银杏，它们倾斜着站在阳光下
叶子金黄，梦一般宁静
它们知道，阳光是用来享受的
那些阴影里，蛰伏着即将流逝的光阴
像那些跳舞的老先生，老太太
他们的步子很慢，来回移动
把阳光揉得很软，像一阵微风
与另一阵微风，分分合合
充满动感，一点也不颓废

新鲜的月亮

新鲜的月亮对视着新鲜的草坪
只一瞬间，我便找到了空中的那缕缕视线

我是说，我温慰于月亮和草坪之间
月亮流淌着一种酸甜的果汁
在我低头与抬头的时候
客气的虫子小心地叫起来
与从前的一样，不带半点喘息

月亮啊，我想像橘子一样把你掰开
我想回到调皮的时候
戴着帽子舞起来，像那些笨拙的诗人一样
采摘你口中的诗意和幻想
月亮啊，请你快快来
皎洁的月亮已经爬上来

月亮啊，我想把爱情揽在怀
让我找到湿透衣角的理由
让我找到目光恍惚的光彩
月亮啊，新鲜你就爬上来

似是而非

诚然，夹岸并非鲜花成片
但我欣喜于那点点的红
不残于秋，不残于雨后
它们亦非奉旨深山，等我来爱
像多年前的一个故事，我辗转反侧
它们若即若离，似是而非

月光下的河流

月光活在水上，月光活在
黑暗的思想中
月光不懂水性，月光展开翅膀
在水上飞翔，月光
在水上，它不会坠落

月光是我一个夜晚的惊喜
月光是河流的呼吸
月光，以水的方式漂浮
水，以月光的方式潜流

月光下的河流，它不是隔世的行者
它透过月光与我同行
它透过时间与我交谈
对于月光，我是它心中的一种怀念
对于流水，我是它心中的一种期许

我是站在岸边的一首好诗
被月光覆盖，由流水衬托
在三峡腹地，树叶般被风吹雨打
我看见生命在月光中聚合
骨骼在流水中起伏

灯火在岁月中闪烁
一声鸣笛，将大地划破
梦中行走的人都纷纷回头

听天籁

抬头看见天子城，星星没有落下
而烟花正在上升
我把去年的忧伤搁在一边
自由自在，轻轻呼吸
我想：北山有灯，东海有鱼
更远处，有人弹丝竹，舞羽衣
有人引颈张望，听天籁
忘神于山那边，不知所归

彗　星

彗星拖着长长的尾巴，在天空中飞
它不为别的，只为好玩儿
只为我们的乐趣与童贞

只为我们吃惊，只为我们梦
彗星，其实睡了，它貌似醒着
我们看一会儿，就不看了

但彗星它还是在飞，我们都睡了
它飞，是在另一个地方
与我们睡了，也并没有什么矛盾

静静地望着天仙湖

虽然有数不清的灯火，但现在
天仙湖是我一个人的，我独享这个湖面

和湖水边倒映的房屋与灯火
还有那些模糊的人影，他们行走
在另一个国度，他们是我台上的戏子
他们演出，很慢，像那些传说的画中人
一个世纪也走不出我的边界
我只需微微地闭一下眼睛
就把他们关在世界之外
这短暂的时刻，我做了我的主人

流水无痕，逝者如斯

流水无痕，逝者如斯
这日，鱼群潜至深水
有的紧张，有的闲散，有的窃窃私语

从水到水，从呼吸到呼吸
它们解放了时间的重量
它们呼出的泡泡，那么轻，那么轻
只要轻轻地一恍惚，就啵的一声破了

但鱼儿不在乎，它们可以
躲在另一只鱼儿的阴影里透气
它们习惯地找到流水的空隙
穿过来，穿过去，在衰老与永恒之间找到平衡
不再惧怕时间的危险

流水无痕，逝者如斯
这日，我站在岸上，被水里的鱼儿所遗忘
像被煮沸的泡沫
无所适从，不知去向
我只是低声地念着

“流水无痕，逝者如斯”
想象着鱼儿，为水所包含
又无视水的存在，自由来回
乐此不疲

花园偶见

不可遏制的一份情意，今天
在花园里诞生

花园里最后一只蝴蝶
栖息在最后一朵白玫瑰上
——那富贵的使者
带着怜悯，略带忧伤

蝴蝶说：我要解掉我的装饰
解掉我一生的花外衣
我要凝固，不为时间所伤

白玫瑰，像玉雕的肖像
它一语不发，好像有些怕碎

夜　莺

它在静夜里鸣奏出和弦
皇帝在远处睡熟了，梦见另一只金鸟
夜莺仍在森林里吐出那份优雅
自在的鸟，它心如明月，了无挂碍
高贵便由此而生

烟　花

光明的眼睛，飘过穷人的窗口
老人看见童年，儿童看见福音
这是我梦见的烟花
它们在夜空中闪闪烁烁
只要我不醒，它们就一直飞
多么夸张，令人兴奋

游　鱼

我临水打望，青山退水而居
顺着波光过去，那是一群鱼，又一群鱼

我在自己的想象里，数
一条，两条，三条
有一条刚刚数过了，又溜进群鱼之中
它们回头，摆尾
故意扰乱我的视线

但它们游乐
不叫我的名字
不乱我的心境

植物园

娇贵的植物，这么多，它们挤在一起
却没有一点喧哗。如果没有奇迹
它们就一直等，金桂树、四季兰
我随便一伸手就感觉到了它们的气息
但它们隐忍，并不断地做梦

这样的岁月，只有梦，能让它们继续存活
只有梦，能让它们坚持到自己的季节
才开口说话

梨花开在远处

我仍然相信，在大片的梨花当中
有几瓣顺着阳光，旋转下落
它们和蝴蝶一起，飞在豌豆花的上空
离我们大约三米远。你斜靠在我的身上
梦见梨花的呼吸，有麦苗在咿咿应和

风　铃

风铃响起来
是谁在对岸将我打扰
我透过窗帘望出去
这春天
绿树和红花仅一步之遥

夜花园

夜花园，谁为你迷醉
我
夜花园，每一盏灯都朦朦胧胧地醒着
它们在幻想中栖息
它们在陌生而又熟悉的地方
带来前世的安谧
周围那每一片叶子
都微睁着眼睛

微睁着眼睛到天明，今天
我在梦里见到神秘，见到
生活的人头上的微光
我不再匆匆，在生活里
暂时停下来
看到众人的渴望与梦想

第二天

第二天，我发现一片树叶
一个女孩坐在上面
一个诗人，一个石匠
他们在远处打量，这时
天色突然是黄昏了
风来来往往，树叶飘起来

第二天，树叶成为我的书签
女孩成为我的童话
她问：我是不是被你写出来的

我这个小精灵
你要把我放到哪里去？

第二天，石匠在雕塑中老去
诗人在梦中活下来
小精灵，坐在一片树叶上
我窗前的树叶，窗前的花
我天天浇水，天天浇
没有一点怨言

绿　叶

绿叶不是候鸟，但它们如期而回
未道忧伤，满脸欣喜模样

绿叶不通法术，但它们一定有相爱的人
走过冬天，丢掉寒冷
绿叶在郊外望一望，摇摇头
候鸟纷纷出笼

花　园

蜜蜂的花园，蝴蝶的花园
今天，从前的美梦回到身边
今天，我坐在花园之中
天空照护着大地
胸中收藏着大海
花园，花园
流畅的线条在花烟中起伏
阳光照耀，气派大方
在屋顶的上空，鸟在安家
在瀑布的浪里，鱼在回头

一个美梦的降临
我端坐，正是
祥云中的老人
香烟中的佛

生命肖像（组诗）

——十二生肖启示

◎黄 沙

鼠

在白昼与广阔的原野上奔跑
在金黄的时间以及蓬勃的花草之间
你将往昔所有的故事交给西风

而今夜你却嚼碎寂寞与黑暗
潜入我侨居的这座城市之东的水滨
在坍塌的故居翻阅我失落的墨迹

是什么样的情节误你彻底失眠
是什么力量迫使你安于遗弃的空巢
为我等候十二年没有归来的父亲

牛

为什么总喜欢在子夜之后反思
昨日的青草和天气与往年有何不同
儿时的那么多伙伴都到哪里去了

耕耘的幸福在美丽梯田间盛开
艳丽的花朵把阡陌呈现在蓝天之下
像无数的野鸽在记忆里飞翔

粮食沿着四季的甬道哗哗流淌
蹄音前赴后继像一首不可结尾的诗
如我尾随先贤向岁月一粒粒播撒

虎

像猎手在丛林中一遍遍逡巡
满野的禾苗在月华里一茬茬疯长
是谁一夜间成全你晋升为百兽之王

航程向万水千山之外无休止伸延
你在大地上烂漫而孤独地旅行
啸声里透露出生命中最耀眼的光辉

此刻大陆上所有的风穿过篱笆
一小队东北虎在屏幕之上向远方遁去
只将斑斓的长袍失落在中堂

兔

我们在四月江畔的桑树坪邂逅
是你在一个男婴呱呱坠地的卯时
躲在我屋后的麦地里聆听我的哭声

在故乡我曾与许多陌生的鸟相逢
它们一直不知道我所读的经书
是否与那几只神出鬼没的白兔相关

在时间里我们也曾相傍走于原野
洁白的茉莉和西红柿长满山坡
十五岁的少年呀怀抱梦想开始出游

龙

九州的炮仗响彻一寸寸黄土
彼时我看见龙亘古的英姿照亮中国
十三亿炎黄的目光一齐拨动钟声

行云布雨的气象刷新万千新年
花朵与星宿都在瞬间高挂红红灯笼
像蕴含诸种吉兆与箴言

我们在大地上沿着河流的方向
寻觅祖先和龙门遗留下的片语只言
偶有闪电传来一条动人的消息

蛇

一声春雷将你冬眠的文心唤醒
就像料峭的风唤醒沉寂多年的乡愁
直向广袤的原野一枝枝绽开杜鹃

激情如花信子从暗夜中拂过去
试探那些风吹过的日子是否睁着眼
是否曾经被花瓣厚厚轻轻地覆盖

无数思念在伊人的盼望里萌芽
像斑斓的花衣在缭绕的熏香中招展
对我说这就是死去活来的相思草

马

一群野马从云霄从林莽中冲出
就像太古之际一支一支尖利的响箭
将世界分割成若干不规则的国度

多少年风雪载途多少年皇历揭过
逐渐剽悍的马成为勇敢的战士
宛若日行千里的神物驰骋过大荒原

将贫病的弱者逐一扶上金鞍
将珍贵的信仰逐一送往灿烂的征程
亢奋的青年啊如一匹脱缰之马

羊

几只桀骜的山羊在两百万年之前
某个午后金色的阳光中蹲守
试图在荒僻的草坡拦截我们的始祖

我有幸在三月的旷野邂逅一群羊
它们在草地上将我困在中央
诱使我高歌日出嵩山坳晨钟惊飞鸟

将无边草原演绎为湛蓝的天空
络绎的羊群一批又一批向今天涌来
像星星将我们飘摇在九霄之上

猴

当我们重逢　何敢再执子之手
百万年前长别的南浦杨柳是否依依
旷古时空响起坎坷与洪荒的传说

感谢上苍见证我们纯正的血缘
尚在叶脉河韵与风雷之间汩汩流淌
蜚语与地老天荒岂能湮没赤子

矫健的身影在绝壁间一晃而逝
你们世代誓死选择退守深山
不知有着如何鲜为人知的惊天秘密

鸡

一只雄鸡站在世纪的地平线上
就像一片黄灿灿的向日葵昂首朝天
向人类宣读——《黎明的通知》

将一个美丽深奥的寓言反复上映
光明定会照彻人间每一颗寂寞心灵
报晓的歌声撼动着腐朽的夜色

我的朗诵在此刻显得不合时宜
它疑惑地注视着我过分严肃的表演
然后哗的一声翻开我的诗集

狗

摇动的狗尾草在故乡里逐年开放
像歌声响亮地穿透一个个昼夜
每次我醒来首先看见你忧郁的目光

你一直在我烂漫的童年里飞奔
从红沙碛到白虎头再到亢家湾水库
你把青春耗损在我上下学的路上

肝胆相照的朋友不断离我远去
只有你视我的茅屋为最亮丽的风景
面对俗世有谁岂敢轻言忠诚二字

猪

你静静地听一群人在讨论家国
那么多的野菜与思想在原野上苦等
你因一个抽象的概念忘记了饥饿

乾坤之间的风梳理着你的美发
你把一年来的恩怨与得失仔细掂量
然后把自己的身体置于睡眠之中

善良的心思总被人们一眼看透
谁不知道在像你一般朴素的命运里
这个世道除了坚守还有多少祈祷

心语短诗

◎钟其贵

复　活

生命的因子
在一些时刻打了盹儿
注定要在另一些时刻加倍燃烧

燃烧的火苗
呼呼生风，复活的生命
注定要承担尚未完成的使命

使　命

使命如同天使一样的
召唤　来不及拒绝
也无须拒绝

谁会拒绝天使
拒绝天使，意味着
拒绝被爱恋被拯救的权利

权　利

权利，有时是一种目光
走在街巷，走在道旁
无处不在，环绕着你

它试图要围困你，要你
作困兽之斗，它不时射出光芒
想要刺穿你一个人的王国

王　国

王国可否属于一个人
一个人的状态，一个人的
喜怒哀乐，一个人的爱恨情仇

上帝创造的王国
可否容许一个人随心所欲
一个人逍遥度日

纠　缠

纠缠在体内的两股势力
势均力敌，难解难分
正如熊掌与鱼，不可兼得

莫非只有头顶灿烂的星空
与足下厚实的土地
才能演绎人间的奇迹

奇　迹

奇迹总是发生在预料之外
就像今晚的月全食
一轮红月亮高悬于黑黑的天宇

就这样魅惑了世人仰望的目光
这样的出彩，需要多少个
昼夜，多少个轮回

轮　回

轮回的生命，不是回到起点
而是愈见鲜活，愈见辽远

就像新陈代谢一样
生生死死，死死生生

置之死地而后生
生生不息，源于一股力量

力　量

力量来自地心
上帝不会下嫁力量

厚实的土壤
深埋地下力量的种子

懂得养精蓄锐
就可轻松破土

让我轻轻敲你的窗

——读赖永亮《寂寞，请别敲我的窗》感怀

◎阿　普

1

你的文字
如你

玉立着柔软的甜蜜
铺天盖地向我袭来

让我进入
进入那些岁月

那是奶奶的岁月
那些风撩动的夜晚
那些繁星点点的天空
那些炊烟袅袅的黄昏
那些时光踟蹰的季节

以及
所有如花开放的忧伤

2

你的文字
如一只越过山顶的鸟

展开翅膀
划过小小的村庄

那是父亲的村庄
一大片的怀念
在心中疼痛

思念
成为山
成为海洋

打开花园的门扉
重温那许多的慈祥
和无穷无尽的柔情

3
你的文字
是一棵棵青翠的草
挂满水珠的草

展现一个灿烂的天堂
那是少年的天堂

目光
在妈妈的背影上
涂抹成一曲牧歌

一个转身
一个下午
一个春天

那是儿子的下午
那是儿子的春天

4
你的文字
是讲台上的站姿

瀑布如头发
迎风飞扬

和同事一起的时光
让一大把的眼神
停留在校园的池塘

那些铃声
一朵朵钉在教室的门窗

手高高地举起
给出一个未知的答案

让所有的困惑
都变成向往

5
你的文字
是青春的树枝

太阳下的脚步
那是永远发亮的脚步

少女的山路

伸向长满橄榄树的地方

梦成为沙漠
绿洲是沙漠的胎记

当一切回头
仿佛都那么远

只有父亲的声音
那么近

6
你的文字
是一扇窗

轻轻地敲
便有许多蝴蝶翻飞
轻轻地敲
便涌来一阵阵扑鼻的芳香

那些绿叶挂在窗外
那些阳光爬上屋顶

我在远处
与你对视
让我用你的文字
轻轻地
轻轻地
敲你的窗

失眠之手

◎花一壶

1
潮水退去
夕阳俯身亲吻贝壳的白牙齿
星星落满你的指尖
和脸庞，落满大海的怀抱

整座大海静静动荡，你眼里
我被围困，华丽的集中营

蓝色火焰，不停
鞭打白色头颅
鞭打这头林中野兽

如此完美

2
手指尖叫着，醒来
三万朵鸥鸟
云集大海

浪花对着礁石
吐着白信子

3

已经着火，那蓝色
白鹭飞过黎明的
天空，烧焦的箭镞

纷纷落在绿玻璃的水域
又仿佛落在宋朝的一页词中

4

夜晚升至腰际
你仍属于一些词语
野百合　白百合

时间如漏网之鱼
不断滑出指缝
而言辞闪烁

今夜，我不会睡在孤独的身边
在时间的尽头
在死亡逼近之前

5

鸟儿容易被唤醒
在这片沃土

面对水蛇妖，我将歌唱
给玫瑰以芬芳
给石榴以火焰

6
谈论开始前
我们将谈论些什么
说说石头，或者说说
那些久远的事情

但石头破碎之前
有些事不能被提及
废墟之上的废墟
自由之上的自由

7
夜晚悄声把门关上
它不能不带走它的铜钥匙

8
这片潮湿的林子
多蘑菇的林子

星星的小脚丫
踩着叶尖的露珠
它们唱着黄金的
歌谣，刚离去

蓝色之风
沿着脸庞攀爬
它将照亮、点燃这具腐烂的裸体
和时间一道，剔除多余

9

一定赶在，日落前
叩响你紧锁的柴门

“我是那个讨酒喝的”
哦，允许你想不起来

10

走吧，到
绿草地的村庄
燕子呢喃的村庄
看云，一起
抽刀断掉流水
树荫被赶跑之前
石头醒来之前
让我们浪费，或虚度

11

风弹拨阳光
眩晕的不只是林中的
小松鼠
一尾鱼咬紧
一尾鱼的尾巴
游进时间深处

多么美好的下午
短暂的下午
短暂的空白

12
仿佛世界的第一个
也是最后一个黄昏

请不要对人说起
那些词语，那些颤抖着
张开翅膀的词语
它们歇落在你

明亮的双肩，犹如
另外一个夜晚
我失眠的双手

我不曾向谁伸出双手（组诗）

◎王　冬

观星记

尘埃在此时降落
夜空下，只剩我一人
风声微弱了些，母亲在灯下准备晚餐
远方来的客人惊扰了幼虫，就这样打碎了平静
母亲沉默着，她并不快乐

没有夜谈之人，我感到悲伤
只能不停地嗑瓜子，剥贡橘
父亲在柴火旁，他的身上落满烟灰
像一张旧报纸被风翻着

依旧有人举起酒杯，他不是难眠者中的一个
而一颗颗星星，闪烁我们触摸不到的气息
我知道每一颗星也不会忘记这样的时刻
它记载旧事，诉说风的来向

元　宵

雾气之后，迎来了晴天
还是熟悉的炊烟气息
鸡的血已经凝固
烛光摇曳在神龛前

鞭炮声渐渐响起
柴火很旺，慈菇焦了些
山药在青菜汤里
唯有辣椒可以治愈
该走的人都走了，院子里又重新静谧起来

群　山

我们在山的包围里，回忆着玉米地下的故事
那时我们摊开外套，躺在三叶草丛中
飞虫唱起它的歌谣，而你唱你的
每走出一步，鞋上又沾满泥土
我们到达一座山的内部，并紧贴着它走出
向另一座

五年，相见之日总有登山之时
却不能够把它走完
尽管我们那时那么近，近得可以互相对话
甚至还有回响

蓝色的海

涌动着，仿佛流到天边
而后往下，重新回来
无论是清晨傍晚，它都向世人展示
力量

吞噬了渔船和呼喊
晚风吹掉树叶时，不会再有应答
蓝色的海就像一种眼球，满眼都是
泪珠

致童年

油菜花丛中，幼犬找到了躲藏的我
我屏息躺着，接受它鼻子的试探
它的耳朵软软的，塌下来

那时我们像拥有大花园一样，自由而快乐
它拥有最悦耳的叫声，白色绒毛没有血迹
温暖得让人落泪
那时我们都被抛弃
在山林中颤抖，望着路人

坟墓，一块厚实的挡风板，立着
挡住我开裂的脚踝

三　月

别的樱桃树经过极冻，已在晴日开放
而我依旧和冬日一样，这时候我才相信
它是真的死去了

带着斧头和柴刀，踏着每一寸熟悉的土地
死去的樱桃树似乎原谅了我。它也知道
我的悲伤

枯叶落光了，不再作为它的沃土
在这个三月，我失去了我的樱桃树
它不再给我清香和阴凉

我背负着任务——要毁掉它
从一棵走向另一棵，斧头是如此沉重

而它们缓慢倒下

这个三月，死去的樱桃树原谅我了吗
我不知道我的悲伤

深夜，我跪在床前

谁在那里跪着？是我
丢失雨伞的罪人——贫血的健忘症患者
是单薄饥饿的我，跪在母亲的床前

她一个人睡着了
月光照进来，晃亮如白昼
我跪趴着，也睡着了

我不知道时间如何流逝，院子里一片寂静
月光不像火柴
它不曾指引我，向温暖的地方走去
它不燃烧也不消失

接着我惊醒，当我试图站起来
发现已无法行走

每个人都睡得很沉，我也不必长久地跪着
而我跪得太久了……

南方春日

风吹落了大树的种子，也吹散了聚拢的炮灰
路上尘埃卷起，登高的人怀念野果
只有高处的岩石是洁白的

小树枝映在无云的蓝天，而脚下的
曲曲折折的田野
碧绿中已透出点点金黄
在风中，一只鸟安稳地站在树顶

我不曾向谁伸出双手

梦里我遇到玫瑰花园
贫瘠的土地上是稀疏的三叶草，坚韧而茁壮
情侣们路过它却不看它
仿佛它从未存在

我独自走入，被黑蛇追赶
我狂奔而出，潜入水底
保持呼吸，不曾向谁伸出双手
身体又漂浮起来，缓慢飞行
却不能控制方向

当我站起来，感到液体的流动
我已无法阻止，只能站着不动
它快速流动，流到粉红色的袜子上
浸透瘦小的脚踝

望

从阳台上看过去
远处有座山，山有小塔
塔尖融入天空的一片暗蓝里
像神秘的暗示神

我的脚下是未化完的雪
此时已经不柔软了
不像绒毛也不像柳絮
已经凝成一块块冰
但又是不规则的，像拼接上的

记　忆

无法回去了，美好皆在久远处
诸神抹去了，只有我还记得
活得长久而不痛苦，因而也不曾有极致的欢乐

时间无涯，寂寂地
记忆依然存在，被封印起来
随时可能被打开

魔幻的眼

——读《最想说的话，被自己听见》有感

◎李章红

生命，很久了
如是沉寂的灵魂
在问题主线的故事中忧郁
空荡荡地漂浮

没有星辰的夜晚
闭眼，寂静在尘埃中舞蹈
一双魔幻的眼睛
好奇独特生命的旅程
吸引，沉醉了

你珍贵生命的故事
一个点，一个点
串成美丽的支线
给那个懂你的人
聆听与整合

温润如玉的叙说与凝视
丰厚了灵魂
绽放出
香郁的生命浓汤

渡年（外三首）

◎敖靖雯

烟火洒在途经的窗前，充满雾气的玻璃
将福字的雏形清晰到窗外人的梦里
倒映在影子与影子的拥抱
仅团聚一词，就踮起了万万重欢乐的量
谁都不能打扰，这场由来而迟
却期待使然的记忆，接受湿润的注目礼
即是对生活的尊敬

从知何来到不知何去的距离
是每平方思念的痕迹，路灯
吐出你我他的姓氏，掺着脚步的声音
像交叉的微笑，融化了时间的耕地
才得以把“去年”捏成“今年”
渡走两个字的三千公里

鞭炮抄起一口浓浓的方言味儿
逐渐放大，又慢慢变小
听得月光也住进了故乡里
趁着夜色换上新衣，在凌晨的钟声
太阳也笑出了声音

灯光、火炉、圆桌，酿上
三步不倒的醉意，沾满笑语的房间
酝起一波一波的福气，让香烟

明白了拥抱符合尺寸的态度
呼出长长的“年”

稗　子

是什么，藏在我虚渺的壳里
疲惫、抑制、卑微，还有那久违的
三个字，直到拼成黑夜中的侧脸
书写许多的我也会不敢凑齐，描摹一声笑
仿佛就用掉了所有的勇气，无法穿越咽喉的
抵达现实，我只有一面破旧的旗帜
除了你的名字，还写满了我爱你

我爱你，像即将来临的季节
遂溪间影照，折射出有温度的风景
山或海，不管哪一种风
梦里的落叶都会绿成春天的模样
一步一步，交叉出横竖撇捺
构成时间的容颜，长长的稗子
治那所有的伤

我想我无法痊愈了
追赶的疲惫，因为什么沉默
而沉默的抑制，和无法拥有的卑微
是一场春天的稗子

玫　瑰

今夜，你只属于我
带刺的或不带刺的眼睛，都将属于我
我会看向你，是天然的吸引

把一塌糊涂的感应拧成解不开的缘
葡萄酒熏出悱恻的痴绵，一杯一杯的红
不明就里夜色中，醉成同样颜色的你我
看着鸽子啃食我们的影子，剩下的只有心跳
像放任流水那样，不以无用的阻拦
我想给你今日，做我手中的玫瑰
假如，没有今日

我时常会郁闷

我时常会把情绪放在心上
在意种种语言，把伤害兑成一剂药
擦在心口，就算没有伤
也会火辣辣的，疼不出声音
也不会长久，但时时隐现着低落
我想我是孤独的，可以从一个结尾
联想到一切有差异的爱，剧情始终
无需在接触肉体后才清楚，我知道
我的快乐，来自你的快乐
我也知道，这样不好
但我时常会郁闷，一日三餐
积极生活，一个忧伤的我
不会点亮一切

时间刻度上的记忆（组诗）

◎钟其贵

1

1971 年
那些年月的一贫如洗
没有阻挡
一个傻小子的降世
红薯、玉米棒子
糠壳搅和着麦麸的主食
没有耽误
一个幼小孩童的成长
连环画、小说中的
关羽、林冲、岳飞
霍元甲、陈真
……
一个个历史英雄的
忠义、勇武的因子
潜入稚嫩的心灵

2

1991 年
那些年月的高考落败
没有击碎
一个青春少年的梦
自学自立自强
重拾旧梦
在白天不知夜的黑里

在昼夜的交汇处
在文字流淌的暗河里
在苦与乐的纠缠中
在高亢与低迷的交互
以及一些冷眼与旁观中
渐次翻开一张张希望的扉页
感念子美的家国忧叹
敬慕东坡的浴火重生

3
2001 年
那些年月的危机困局
没有困住
一个追梦青年的脚步
从乡村出发
一步一个脚印
深深浅浅的印痕
延伸进城镇
在更宽的平台
在更高的舞台
舞动自己
绽放自己
燃烧自己
潜入文字的河流
诗意地栖居

4
2011 年
那些年月的繁华喧嚣
没有挡住
已到不惑之年的诱惑

带着不舍与留恋
毅然决然
走入围城的洪流中
所幸没有沦陷
没有沉潜
没有在烦琐的文案
与程序化的拆解中
荒芜与疏远
所幸梦醒时分
还保持着几分清醒
几分从容和淡定

5
2020 年
已然进入
天命之年的快车道
两鬓银丝乍现
头顶发渐稀疏
间或耳鸣眼朦胧
生理规律线上的标识
有意无意地提醒
或警示生物钟上的发条
必须减缓减慢
只是意念里的
初心难改
意在有限的时空里
继续刷新
曾经的记录

大雨整夜整夜地敲打雨篷（外五首）

◎张世明

大雨一直下
不停地敲打城市
疯狂地敲打阳台上的雨篷
敲着，敲着
就敲响了乡下的瓦房
年久的老屋，瘦削的瓦片
经不起大雨放肆地折腾
于是，密集的雨点
又开始敲打老家屋子里的
那些盆子、瓶子、坛子、罐子
丁丁，当当，咚咚，砰砰
一部命运的交响
整夜整夜，都在心弦上敲打
盘旋，崎岖

天空摇晃

屋外，烟屁股丢了一地
我的淑明大嫂
一直在屋里
守着自己才修几年的房子
哭得死去活来
最后，这个快疯了的女人
是她的儿子
连拖带拉

把她从房里拽出来的
泪水和花发，一路飞洒
还未站稳
天空就突然摇晃起来
轰的一声
挖掘机就掀倒了一面墙

多么让人放不下心来

走了那么远的路
天，走黑了
喝了那么多的酒
夜，喝醉了
躺在酒店软软的床上
久久，不能入睡

空调尘肺哮喘
汽车负罪奔逃
还有，空中那半轮月亮
玻璃般碎裂的声音
多么清晰，多么让人
放不下心来

谁都不许走

长长的马路
只有一棵大树
茂盛的树荫，此刻
正捆着一群心焦的过路人
——谁都不许走

其实，要不是赶时间
要不是为了生计
谁都不会着急
谁都不愿
扛着这么毒辣的太阳
走

蝉鸣像一把梳子

午后，林中
蝉鸣密集，起伏
像一把电动梳子
把枝繁叶茂的夏天
梳得又绿又亮

那电力十足的霸气
不断冒出——
咄咄逼人的火光

暴雨是个私生子

这个乌云和闪电的私生子
任性，阴冷，暴虐
不管山岭平原还是道路堤坝
不管城市乡村还是房屋庄稼
不管是参天大树
还是那卑微的野草
甚至连一只小小的蚂蚁
他都视为眼中钉
不会轻易抬手放过

我有一腔热血（外一首）

◎苏　平

我有一腔热血，沸腾不止
飞溅于大地，和诚实的大地融为一体
来年，遍地盛开的花丛祥光四射
我捧一束最艳丽的献给妈妈
“妈妈，妈妈，这是我培育得最好看的花”
“妈妈，妈妈，你看看好吗”
我有一腔热血，沸腾不止
飞溅于天空，化作遥远的祝福
由百灵鸟携带着飞越千山万水
唱响九霄
“妈妈，妈妈，你还好吗”
“妈妈，妈妈，你能听到我的呼唤吗”
我有一腔热血，沸腾不止
飞溅于门外，染红了我遗失在台阶上的笔
笔和我只有一步之遥，但
我们之间隔着一层若即若离的轻纱
“妈妈，妈妈，我的笔丢了”
“妈妈，妈妈，你知道我的笔在哪里吗”
我有一腔热血，沸腾不止
飞溅于窗外，随风起舞，变做一张网
和轻纱下的蝴蝶玩起了扑朔迷离的游戏
蝴蝶恰好停驻在我那支笔上
我只看到蝴蝶，没有看到它美丽羽翅下
那支失落已久的笔

寻 梦

爬上那座最伟岸的山脉
与白云握手
我：白云，把我的梦捎给云雀吧
我要祈祷天上的鸟儿
不再因为摄取食物而四处奔忙
白云：我守在这儿等着云雀，但我不能保证
它能够在无风的时候接到你的礼物
而且，风来了，我就得远走
潜入我们伟大的母亲河最深处
与鱼群嬉戏
我：鱼王，把我的梦带给你的鱼族吧
我要祝福天底下的鱼儿们
不再遭受钩钓、网捕、电击、药毒之苦
鱼王：朋友，谢谢你
我能传达到我身边的鱼族
但我不能保证
你的祝福能传达到更远的海洋和异国他乡
侧身，窗外的阳光照在地板上
梦碎了一地
枕边的书角，感情是梦中的白鸽
梦系在白鸽的脚上，飞到了最高的山岗
那里，真的有白云等待着我吗
地板上掉落的诗集，应该是梦中的鱼王
普度不了众生
砍伐自己肤浅的语言
站成一行诗或一个词的高度
重新夯筑一个美丽的楼台
不也是美差一件

以　为（外三首）

◎谭岷江

时光多像一个臃肿的中年人啊
有时像一条鱼，早已顺流而下
有时又像一座塔，始终凝滞不动
此时，我站在十字路口
看到那只走路一直发抖的流浪猫
从我的以为死亡中活了下来
风企图爱着它，怜悯它，停了下来
也会吹得它左右摇晃
我蹲下身，辨认它是否真正衰老
向它三年来的坚强，仰望致意
此时，它的双眸多像星星啊
欸乃一声，所有绿意就铺满了大地

仰　望

把身体平躺在大地
天空就像一个湖泊，远比大海宽广

像天空一样，我看到一朵微小的云
在胆怯，在委屈，在愤怒
在勤劳，在奔波，在向前

它在爱着另一朵美丽的云，在悄悄地幸福着
在我们的鼓励下，在积极面对卑微的云生

清晨的人们

清晨，大街上的人群不断移动
像过去的所有清晨，人间熙熙攘攘

一些人举着黄昏和星光
在夜色中匆匆离开
一些人又举着曙光和黎明
从晨曦里款款走来

这是人类美好的接力
沉默坚强，而又秩序井然

红蜻蜓

一只路边的红蜻蜓，让我远远蹲下身去
过去很久的时光里，我曾经伤害过它们
用它们的生命，去成就我对蚂蚁的慈悲之心

带着另外一种欲望，我也赞美过它们
用文字将它们美容，用邮票寄出去
我总是企图出卖它们，换回来一顿美好生活

朝阳的决别词（组诗）

◎陈　赫

暗　花

从来没人数过，一头驴
走完一条路，要挨多少鞭子

一头牛，耕完一块地
要受多少斥责

一只鸟，在雪崩之前
发过多少次信号

一个父亲，在成为儿子时
拒绝过多少夕阳

大地上，无数的卑微者
即使低下头颅，埋首走路
依旧，会被众生相鄙

就像他们，从来不会知道
拿起一勺盐吞进肚子里时
需要留下一半，放回盐罐

就像他们，从来不会知道
活过如死过

深睡模式

搁浅者从来不会
在一弯月亮里，显出疲倦
挣扎的眼睛
似闭未闭
那是悬而未决的气味

在最后一夜
我正是顶着少年之名如白鹤起舞
皓月当头
幽林发出红影的轮廓
这一刻，割肉者尚未清醒

到现在，孤松老匕
我选择直立成一声颤音
流逝的如果不是星辰
和解的就不是日月
而夜与昼的惊人之处，依旧徘徊不定

终究是呼吸带我回家，一刻没有停顿
如此渴望变回自己
追忆触手可及的往昔

何枝可依

绕树为记，循环三匝的人
都背负着同样的笨拙
我在羽翼未满之时
就有了出逃的念头，不排除
以头抢地的可能性

周公吐哺，接住的人毕竟是极少数
大部分还是沉默者
正是这些丰腴的身体
构成了“枯水之季的黄昏”

一场哗变不可避免
一人高的荒草，就要盖住
一个狂徒的坟墓
——要来的都来吧！

遗憾的是，他也曾收取关山五十州
只是吴钩已锈迹斑斑
尚且不能斩断，一把枯死的树枝

隔物志

光线最为复杂，带着思考能力
压住血浆奔涌的人，都怀揣着
一颗赤子之心

轮回既然不规则，茉莉花盛开在
斑驳的断壁之前，就不该
如一只未曾驯服的野兽

他们说，我这一鼻子的灰
被碰得来回晃荡，并以啜饮苦药的力量
穿透于橙红的铁中
锈迹斑斑，被烧得面目全非

也是啊！我曾经如母牛般笨重
可如今，看着短小灰白的烟蒂
“连灰烬，都懒得弹落”

满头白雪

脚步声复杂如同伴着幽闭的虚无
乖戾曾扬起船帆，要与戏谑的回答决裂

我有孤愤在手，像我一样
有且只有一个方向的河流，都默然不语

少年时代我善谈，口袋中时常装着
一切井然的秩序

中年时代我贪婪，鞋子里总是藏着
不堪示人的归宿

暮年时代我寒冷，手掌间总是握着
近乎初垂的夜幕

我遇见的所有可能性
都带有星星的碎片

我被捉弄不已的
还有不可测度的至诚

老鹰的诗（十首）

◎老　鹰

歌唱的力量

大病初愈，人间摇摇晃晃
我的脉象丢了
民间老医生开出土偏方
“你快失去自己，你得歌唱”
对着迎面而来的东风
我尝试轻声唱
我第一次看见拐弯的寒风

我笑了。我仰头高歌
几只鸟儿驻足天空，翅膀打着拍
我低头长吟
一群背负粮仓的蚂蚁加快步伐

我向着树林放歌
一树雪花争相抖落
我向着冰溪放歌
几条鱼儿跃出水面
我向着山谷放歌
整个山村次第发芽

这实在是太神奇了
我竟然凭一己之力
唱出了春天

冬天里的最后一朵野花

谁会注意到，草木匆匆
这山道边
冬天里的最后一朵野花

是的，最后一朵
花瓣上已经结茧
衣衫破烂，但撑起小小的枝骨

对于她，风裹着刀
雨点砸出惊涛骇浪
每一刻都面临生死
她把根深深嵌进岩石

夜深了
整座山听见她的喘息
一只发亮的飞虫停在花瓣
把夜色推开了一点

她在等待
她想挤进下一个春天

伤自由

我扔掉坚固的鸟笼
为此，豢养的鹦鹉大哭一场

我撕烂与仆人的契约
我的仆人生气地把门关上

我打开大海的缺口
鱼儿惊得跃上树梢

我把阳光请进身体
照耀我的每一寸肌肤
我的影子捎口信给我
他在逃亡，他很受伤

钢　蚁

钢铁不一定沉重
比如这群蜿蜒的蚂蚁

他们向山坡长征
小小的身躯披荆斩棘
一道闪电
划过他们黑得发亮的背

前进！逢石搭梯，遇水架桥
背负粮仓
背负生命、家族、荣耀
薄薄的背嵌进钢

惊雷滚滚
为他们奏响号子
歌声中，新的家
蔓延灯火辉煌

锄　头

锄头具有传承性
农人临终前的遗言
往往是一把锄头

是的，哪里有农家
哪里就有温暖的锄头
锄头是温暖的
锄头的两头，一头连着手温
一头连着地温

你看，锄头高高扬起
这是锄头与天相拥
锄头重重落下
这是锄头与地亲吻
那一道道弧线
是锄头奔跑的心跳

锄口的一生是锋利的
锄板的一生亮得发光
锉钝和锈蚀是锄头的耻辱
在广袤大地，锄头不断刨出粮食
刨出黄金，刨出诗歌

夜归儿

哐的一声夜幕落下
杀气腾腾的黑
直扑双眼

我尖叫着打开手电筒
漫天遍地的黑
死伤过半

剩下的一半
若即若离，虎视眈眈

我听见远处父亲雄壮的呼唤
将剩下的黑重重推开

我笑了，我看见老家窗口的灯光
正踏风而来

母亲说

母亲说，一年三百六十五天
她只喜欢节假日
譬如五一、国庆、春节
她在乡下也能唤回自己的孩子

母亲说，她喜欢照镜子
每次我们回家
都会带走几根白发

母亲说，每次我们回家
家里总会发生奇迹

譬如门前的铁树突然开花了
譬如久治不孕的老母猪破天荒生崽了

母亲说，有一年我们兄妹仨都没回家
窗台上的那尊望子石
倒塌了

回忆录

小时候，家徒四壁
穷得只剩爹剧烈的咳嗽
和我的哭："娘，我饿。"

但童年是我的
穷人也有童年，谁也无法剥夺

没有玩具，等于全世界都是玩具
小草、花儿、落叶、泥土甚至云彩
童年最喜欢做的事是做梦
梦里的爹大病初愈，我打着嗝香

跌跌撞撞，越过童年的门槛
我捡到一把天平
终身视为珍宝
我常把磨难和希望放进左右托盘
以平衡成长的模样

也许儿时吃太多的苦瓜酸枣
长大了，哪怕是咬一口烂苹果
我也觉得像蜜一样甜

塔吊女工

塔吊无限攀向高空
帽子无声掉落
一些男人和蝴蝶望而生畏

但塔吊女工不怕
塔吊女工长着
钢筋水泥淬炼的胆

在天空舞蹈
塔吊女工像一只鸟
太阳那么近，还慢慢靠拢
为她披上云霞
塔吊女工其实是一只太阳鸟

这个城市的新楼如雨后春笋
拔节了塔吊女工多少心愿
那些高空滴下的汗水
早融在风里，融在光里

此刻，夜幕落下
塔吊女工成为这座城市
站得最高、望得最远的人

不敢测量体温的男人

他每天的饮食
少不了兰花羹，少不了蜜饯
他得保持吐气如兰、吐字如蜜

他戴着一框黑边眼镜
即使睡觉也从不摘下
对于她，对于世界
他始终隔着一层镜片

他喜欢晒太阳，想把光芒留在头顶
他跟每一朵花学习微笑
作为设计师，他奔向她的每一个姿势
都反复排练

他抚摸了她何止千万遍

但她无法真正抚摸到他
唯一的拥别
他没有心跳，手脚冰凉
她想起他曾扔掉的温度计
他是一个不敢测量体温的男人

山峰的对话

◎罗光富

虽然我不太懂
但是我仍相信
只要你以接近光的速度奔跑
你就可以成为一座山峰
依照你的个性
肯定有许多古怪的石头，矗立在山巅
山上肯定有松树，柏树
这些是大自然赋予你的荣誉
还有你喜欢的蔷薇
鸢尾花，和你故乡的狗尾巴草
还有你豢养的老虎、熊
还有蛇
肯定没有梅花鹿——因为你
一直是一个麦田的守望者
还有一条蜿蜒的小溪
终日流水潺潺

我不愿意成为一座与你对峙的山峰
这样就无法触摸到你
我愿意在地震的时候
轰然倒下
我原想变成一只仙鹤站立在你山巅的松树上
或者变成一些植被缠附着你
最终，我选择变成一只青蛙甚至癞蛤蟆
来到你的小溪里面，找一个温暖的洞穴

在春暖花开的季节
产下无数小蝌蚪
游向你生命深处

这些小蝌蚪有的会变成老虎
熊，还有蛇，还有仙鹤
甚至也有麦田的守望者
当然，也有得了你的秘籍
以光的速度奔跑
冲向大海
在大海里面形成另外的山峰

于是，你们只能以风的形式交流
以雷电的形式争论
以雨的形式倾诉
你们的话语里面，除了鸢尾花，蔷薇，狗尾草
还有老虎，熊，蛇
偶尔也会说到梅花鹿
不知道有没有青蛙或者那只可怜的癞蛤蟆
但是，肯定没有松树，柏树

以爱为名

◎周　雪

以爱为名，温暖了整个冬天
如火，如荼
思绪，冉冉升起
嘶鸣的野马，腾起撒欢的蹄
哒哒前行
穿过沼泽，越过荆棘
寻寻觅觅
东风吹走孤寂，春风带来温情
年华，泅渡着炼狱
听，花开的声音
随风起舞，翩翩如许

步履渐轻，骨头在打磨中沦陷
赤裸裸地呐喊，那属于生命的张力
以爱为名，挥霍着离愁
只为朝夕
如上釉的瓷器，越发清明
突兀的时光，随松林寂静
夜如昼，焚起香屑
在料峭的寒冬
抹出一丝新绿
春天待绒花纷飞，尽饮香茗
夏日豪情满怀，忘情杜康
以爱之名，且歌且行

独思
心香

南宋诗人陈著在《念奴娇·代人寿外舅》下阕写道："消得寿八千春，百分才一，更童颜如渥。听取飞琼含笑道，堪学孩儿书额。舄令骖凫，瑶仙跨凤，喜聚家人醵。心香遥上，也随风过蓬弱。"这里的"心香"，意为虔诚的心意。

从古到今，那些善于思考的人，常留一方净土在心里，无论尘世如何纷乱，生活如何艰辛，他们的心态都保持着一份平和，在浮躁的社会里静静地思考，用一份纯真对待任何人、任何事，这正是心香的意境，独思的魅力。皑皑白雪遇阳光而融化成水流，经山涧小溪流向江河湖海。又因遇冷空气袭击而凝结成雨雾，再化成白雪落在人间。这是水的轮回，也是人的轮回。

雾中濑溪河大荣桥

诗人，请歇歇

◎罗明清

天空那么高远
世界那么宽大
别那么多愁
别那么善感
别那么拿根鸡毛说令箭
今天会过去
明天会到来
后天的事情后天自然会了断
地球反正是个圆
转过去是黑夜
转过来就是白天

鸟会叫
花会开
谷物会一茬一茬长起来
不要从吃想到拉
从生想到死
从风云凡尘想到空灵天界
诗人，请歇歇
不要让脑壳一天到晚打转

世界是美好的
人间是美好的
生活是美好的
美好的一切都需要去发现

需要去享受
别那么愤世
别那么嫉俗
别那么不把柴米油盐当回事

今天需要吃饱三餐
明天需要早早起床
后天的招待最好是后天去办
诗人，真的请歇歇
饭不要吃撑
酒不要喝醉
蔬菜水果样样要均衡

伸伸腰
踢踢腿
该睡就睡
身体是自己的
思想是身体的
不要只顾思想不顾身体
思想跑得太远
会迷失回家的路线

落难的灵魂

——写给杜甫

◎周永蕖

天子从黄河口一刀切下去
时间就流出血来
你亦是跌落水中
成为另一滴水
你狂想着从黄河的中游含悲而上
不料你的身体覆盖在水的下面
笔被泡得太软
写出流水一样的文章来
一个肥胖的女人穿河而过
笨拙地露出几分姿色
一只远航归来的船便打开了海
人们的思想就像包袱一样开始下沉
踉跄喝下去的几口水
悄悄吐在史乱后的文字上
然后被你酝酿成内心的酒
你一心把笔捏成半壁江山
你和你的才华过早来到
心比天高

你把诗写在朝代前面
骑马跑在功名的后面
闲时也带上一壶浊酒
把灵魂放在寂寞的长安东游西荡
有时你也学着古人卷起衣袖

把内心高高地挂上枝头
把文字漂亮地洒进大海
可最终被朝廷打捞上来关进监狱
不料却成为世人敬仰的旗帜
一个老妇说你从长安别业
背着唐的乡土去了西南

在一所破陋的茅屋里
你显得有些无所事事
偶尔伸出半个身子来打扫野马和尘埃
有时也看一朵花
早晨黏在马尾巴的身后开放
晚上就在一首诗里跟女人过夜
偶尔你也露出黑夜
以一个文人的身份到城里来回走动
当一个女人的胭脂公开熏黑了一个朝代
你开始安静下来等待和庄稼一起成熟
后来你被卷入书中
最终折叠成船
做了女儿国的情人
对此你泪流满面
内心慌乱成战场
于是你跃然上马
以英雄归来的形式
终是浪漫地骑死了自己

亲爱的

◎殷贤华

储

我们不时拌嘴
严肃得像批评家、理论家
我们目睹了闪电
将夜空的裂缝焊接

我们不时分离
剧情像牛郎织女
我们目睹了航线
将鹊桥搭建

我们不时流泪
像咸菜，像咖啡
我们目睹了湖边
春雨催开彩虹

楼下那对闪离的小夫妻
还未入冬就消耗完如胶似漆
亲爱的，我们若即若离
恰好储满了一生的爱情

夜

我夜以继日刷牙

像飞鸟从不疲倦
牙，亮若晨星
我开口和你说话
呵出的热气
不带一丝杂质

请喝下这杯
浓得不能再浓的茶
淡，会失去味觉
甚至温度
我不会为你奉上
一杯白开水

请原谅我，冒失地
摘去你的眼镜
在这昏暗的夜晚
我不想透过镜片
去洞悉你眼中的井

春

急，忙
都在种草，种花，种芽
除了逝者
除了痛，全被严词拒绝
无枝可长甚至无枝可依
病床外的一刀柳叶
将我二度划伤
在这个季节，乱风啊
快拽我出门
我得挣扎绽放

老

我来这里，或许仅一天
一觉醒来竟午阳当头
我找不到前半生的日历了

恰似风雨奔波的鹿
一头撞向镜子

棱角、聪耳、俐齿隐退
甚至心跳，梦境
唯有吁吁赶上的白发
显山露水

画

烦恼和伤痛来叩窗的时候
我正在自画像
我已经画好了前半生

他们排着整齐的队伍
我无暇理会，更不会开门迎客
我用画笔指了指
窗外，叶片上的一束光

“你们走吧”，我颜料充足
我要把下半生
画得更响更亮

因为水（组诗）

◎徐江洪

天上的名字
记不起是什么模样
夏季沉重的温度
把时光的笑容压碎

我抑郁地站在那里
忘记时间　忘记
承诺过的流云
寂寞地痛苦地
在一瞬间
幻化成汹涌的水的气势

我只有一个方向
那就是进入轰鸣的心脏
进入强大的晶体
完成一次悲壮的祭祀

即便，谁是谁的注定
已不再是重要的命题
生命必定走在
透明的沉重的变化的水里
没有回头的岸堤

榕　树

那些纠缠的手指
已经把记忆窒息
夏日的汗水
在午后倾泻慵懒的睡意

疲倦的榕树
撑开憔悴的叶
阳光挤过
尽管呼吸很咸

那时，我正走过
想念的夜晚
轻轻拾起依然柔软的身影
回忆起一些
忧伤垂落的声音
我用蚂蚁的语言
创造一滴明亮的泪水

日　子

为了纪念
烧掉一些
为了忘记
撕毁一些

一些日子笑着哭了
又一些日子哭着死了
但没有谁会埋葬自己

我们都想学会真诚
却先学会了欺骗
只有你
永远是那样
海枯石烂
地老天荒
固执地走过四季

你是我的天空

◎罗明清

大清早的，是不是梦话的延续
天空又怎样
有风　有云　有雨
还有雷电
有鸟　有尘埃　有飞行的事物

白天的太阳
晚上的星星和月亮
还有悬浮的星河
深奥的黑洞
其实，我想得很简单

只有蔚蓝　彩霞
月影朦胧　星光闪烁
流星缓缓滑过梦境
你是我的天空
与尘埃无关
与星云无关

也无关海的辽阔
山的高远
只是柴米油盐　衣食住行
喜怒哀乐
指向一个细小的家
生活的全部

像一棵树那么隐忍

◎黄化斌

它还是萌芽的时候，就能把
坚硬的地皮
和沉重的岁月，顶破

拇指大，就能在荒漠
按住，一堆堆流沙

现在，它已有腰杆粗了
反而把更大的能量，或者火势
在体内隐藏得更深

难道我，就不能像它
把你制造的一个个谣言，戳穿
逮住你，露出的狐狸尾巴

把本想向你，吐出的那口浓痰
和那口怨气，憋回去

尽管你，还向我
露着，一排带血的獠牙

奔　跑（外三首）

◎龚　毅

一群斑马，撒开四蹄，足下生出风
追逐大草原上的自由自在，也将
围堵而上的狮群，不远不近地
抛在身后，让它们追不上猎食的梦想

一只猎豹，潜至距离猎物三十米时
瞬间变成一支离弦的箭，射向它的午餐
倘若这支箭意外脱靶，没关系
心态调整后，它会射向下一个目标

在城市，我也像大草原上的动物
奔跑，是每天太阳升起后必需的主题
不然，要么就追不上我的午餐
要么就会被一种生活吞噬

站　台

我迎风而立，时光折叠起汽笛之声
送来一列火车，驮运着无数的前因后果
轻声喘息，偶尔咳嗽，滑行过最后的距离
此刻心跳很快，列车停下它也没平息

我喜欢光阴停留在这儿，此刻人头攒动
这儿总是将一些心跳的悬念，演绎成
眼前骤然一亮的激动，以及

被平淡的日子忽然撞痛的欣喜

斑马线

前后都是比狮虎更凶猛的汽车
斑马线，冷静地横贯在城市的马路
那是留给行人，穿越时光的保障

它静美，贯穿热情，故乡在非洲
斑马线，是斑马舍去自己的一身皮
留在城市，让车轮，读懂生命

虹

那是飞架在你与我前世今生的一座桥
是允许一些想象与期盼通过的路
走过去，可以瞥见我们的前世
迈不过这道坎，就只能停留在今生

烟花与烟草

◎刘清泉

烟　花

说到烟花，我就会想起
发生在人身上的那种“暗恋”——
我肯定看过她一眼，偷偷摸摸
目光没有聚焦，但你不能说这不是爱！
她在万里平畴中间绽放，犹如
鹤立鸡群，一枝独秀
但这与尊严、善意甚至礼貌无关
烟花所享受的，绝不止于形式化的表扬
她不同于天空之上的炸开，不屑于绚烂
这会让那些高高在上的人，感觉总是良好
的人，生出一丝难堪
所以烟花是我的邻家女孩
从大田湾出发，经过摩围山和
阿依河驻扎的彭水，再到万能的酉阳
她一路说纯正的普通话，自称导游
在大樟树下，为烟农朗诵激情的诗歌
她来自烟草协会，比我们的作协更加注重
纪律性，她在组织内部散发香味，节制的
美，还有一种说不出好坏的感觉
烟花呵，当我用烟圈轻轻画出你的模样时
秋天就到了，领导说：
“请把更多的话题转向收获！”

烟　草

是生活在烟叶和用烟叶命名的经济学
之间的那一群男孩子——
青春，豪迈，阳光，但因为众所周知的原因
他们不显山不露水，更不能成为别人的偶像
他们就像流过龚滩古镇的乌江水，慢慢变轻
主要用于给浩荡打上几个分号：有的安静，
有的喧闹，有的竟然要区分好坏；还有的
直接印在了我们心口。谁也不知道
美不胜收的祖国到底是怎么想的

烟草很低调，通常
他们都在烟花下面，比烟花更接近
根茎，土地的根茎
所以他们通常会出更多的汗
让草帽，扇子，树荫乱成一团
没有经过太阳暴晒的烟草是软的，即使从前
打过架，但此时也是软的——
高矮不一，有胖有瘦，看起来没什么头脑
仿佛有所欠缺，又总是不能确认

在烟草基地，这几天的消息
司空见惯，但也有一些新的动向
你看你看，曦光里的烟草镶着金色的边
通过玻璃窗搬运来薄薄的露水
为了我们采风，正在一次次
放开或收紧他们自己

我祝愿

◎林　勇

我祝愿
所有的心灵都栖息在花园
好让花香驱走烦恼

我祝愿
所有的心灵都像阳光那样直透透的
好让灿灿的光线照走焦虑

我祝愿
所有的心灵都像早晨的露珠湿滴滴的
好让阡陌乡间的小草五彩竞放

我祝愿
所有的心灵像鸟儿在池塘和天空中打个圈儿
再加上我们唯一的希望
好让我们从疲惫的世俗生活中发现自己

我祝愿
所有的心灵都能够呼吸到安全的空气
好让耐心的情人进入梦乡

我祝愿
所有的心灵都能够吃上安全的食物和水
好让生活有一种美妙的感受

我祝愿
所有的心灵都能够听到
所有心灵的不同声音
所有的心灵都不善于表演都是裸奔的
在时间与时间之间
在空寂与空寂之间
请把我的祝愿送给每一个心灵
好让他们编一首自由的歌
带着诗的激情，在一幅画中
晃动

走着走着就散了

◎郭　华

我们要去一个很远很远的地方
究竟有多远
谁也不知道
我们没去过那里
去过的人不告诉我们

这是支鱼龙混杂的队伍
三亲六戚，左邻右舍
要统率这支队伍很难
走着走着一些人就改变了主意
或走阳关大道
或走羊肠小道
不断有人走散
不断有人加入
同学，恩师，爱人，同事
一面之交的路人
恨之入骨的仇人

最先走散的是 91 岁的爷爷
然后是大伯，大伯娘
大伯的大女儿，二女儿
接下来走散的
也许是年迈的父母，公婆
也许是仇人，恩人
朋友，同事

也许还有一无所成的我

走着走着就散了
走着走着就散了
没有谁陪着谁走完这一生

有韵无痕（组诗）

◎张　雪

不负流年

素棉的光阴，从不辜负
你我相遇在唐风和宋雨里
如诗般碰撞出风月的眷恋
在爱的诗笺中互说缠绵
我，甘愿与你在一起沉醉

纸上流年，我用笔尖镌刻
流水的暗语和满眸的痴恋
用微笑与泪水浸泡的相思
让灵魂在诗歌中对望成树
随笔墨盛放，随心绪生长

文字里流淌的千言万语
就是裹着爱的悲喜交加
你许我一世柔情
我甘愿拼尽我的浮生
为你盛开整个年华

风过，红尘入画
雨落，缠绵入心
梧桐一叶，天下知秋
相思渡口，良人归来
有你有我，一世缱绻

情锁清秋

夏荷衰败
枫花渐红
听雨滴坠落敲打
看枝头黄叶飘飞
我思绪轻扬
抬眸凝望
才惊觉秋意袭来

日暮苍山远
残叶落满地
空气里温润着白露
花香盈满袖的气息
静寂的秋夜里
糅合成独特的画卷
将这秋韵勾勒而出

伫立在凉薄的秋季
落叶跌在掌心
停下了飘飞的脚步
适应了安稳的栖息
将其收入怀中
窗外的秋雨扯着丝线
长长的，那是我对你的思念

月色迷离忆故人

永不褪色的七月艳阳
在月的柔色里洒落清辉
朦胧的夜景延续着炙热

将记忆凝织成网
搜寻着往昔残缺的画面
在幻灭的城堡里
品味着那份酸涩与寂寥

初相遇，浅相识
深相恋，唯恐长相思
月影微寒，夹有柔情
在某个通透的楼台念你
心中泛起瑟瑟的孤寂
亦种下绝世的牵挂
于我而言，这便是最好

落花无声也优雅
月缺不美也诗意
遇见你是一把油纸伞的美丽
沾染些许琉璃烟火
与风花有染，与雪月言欢
曼妙与典雅的岁月里
浅尝世间清欢，安放韶华

记事本

◎梁　快

窗外飘洒着小雨，
有一丝淡淡的凉意。
春风翻开你网邮的记事本，
每一页都写满青春的记忆。
那时年少轻狂的我们，
在教室，在操场，
镌刻追求梦想的足迹。

轻声哼着当年唱给你的歌曲，
再次阅读你浓浓的心意。
每一个字即使用铅笔写成，
如今也再难擦去。
那时意气风发的我们，
在宿舍，在路边，
尽情放飞理想的心绪。

记事本已泛黄，
青春的容颜逐渐逝去。
关于那个冬天的故事，
永远成为我人生旅途的一道风景！

登　山（外三首）

◎汪玉刚

生活中有一些山
就在我们附近
它的毛发、骨骼和天籁的语言
溶进了我们长高的年轮

旅行中有一些山
就在我们行进途中
它的原版故事、卷轴山水
还有激情燃烧后缄默的口
没有说出的地质秘密
以及终年积雪显示的高远的白
都在填充着我们饥饿的行囊

心中有一些山
被我们遐想的云雾缭绕
它的坡度考量着我们的
步履、喘息和翅膀的硬度
它的风景是我们攀登的理由
它的高度便是我们生命的高度

进入象棋的路

站在路沿谈论象棋之路
显然隔着楚河汉界
要渡过河流，翻过高山，

越过年龄的沧桑
方能抵达象棋的腹地

象棋的路径很简单
各种角色按照游戏规则
施展身手，许多人按照书本上的套路
设计前进的武器，游戏的时光
纷纷跌落
象棋的路径很复杂
潜伏，引诱，假象，弃子，丢卒保车，
丢车保帅，峰回路转，柳暗花明
进攻和防守的疆场
没有玫瑰花和康乃馨
斗士和草根的血肉之躯
盛开成一朵朵殷红的杜鹃
吸纳和收藏看不见的硝烟

进入象棋之路
一切谋略都守候在路上
一局棋的波澜
摇晃着百年的时光

和衰老作战

妻把醋与黑豆的熬制品当成武器
想打败正向我们进攻的白发
一场人类的持久战，鏖战
衰老已占领了我的制高点
另一支还潜入腹地
我在不利的地形两面作战

花朵的芳香传给了果实
绿叶把色泽献给了春天
风化的石头，干枯的河流，退缩的耕地，
不断减少生活场地的动物，
年久失修的房屋，
包括我们天天蹂躏的地球
事物正在老去

青春的军旗插在命运的秋天
我在皱纹的前线奋力抵抗
把渐渐扩大的斑块铸造成铠甲
我的毛发、皮肤、血液、骨头、
五脏六腑都投入战争
我的阵地一块块丢失
我想找到一件管用的武器
和世间的衰老长期作战

乡妹子考上了名牌大学

乡妹子矮小的身躯
只用了两天时间
就攻下了
文字和符号构筑的高大城堡
而攻城的器具
她准备了十八年
乡妹子的祖上世代敬畏土地和粮食
对识文断字的人
是他们在心中供奉的另一种神
乡妹子的父母距离麦浪和建筑工地很近
但距离比麦子成长复杂得多，比砖块沉重得多的
文字很远

打小，乡妹子
看惯了土坯房上疲倦的炊烟
看惯了一天天孤独的村落
直到把那块土地上的树看成一个个问号和惊叹号
当乡妹子从弯曲窄小的山路走进课堂
她就决定把自己当成一株家乡的水稻
插进作业本的责任田
白天，她是镰刀，她是背篓，她是奶奶的拐杖
她是占据每一道时间缝隙的楔子
夜晚，她用头上十五瓦灯泡的昏黄光亮
撑开身边巨大的黑暗
乡邻们看见
那一株纤细贫弱的水稻
在一行行文字里，在年轮的路基上
分蘖，抽穗，扬花，灌浆

乡妹子紧握着的那张录取通知书
是从野草和蛙声铺成的小路上传来的
是从父母遥远的梦里传来的
几行简短的文字
早已被乡妹子的墨水汗水泪水泡成
湿淋淋的思念

回　家（组诗）

◎陈春明

启　程

把行囊检查了又检查
总担心把过去一年的细节遗忘
反反复复
确认，车票上的时间
班次，总担心错过了
回家的时刻

车　站

每一个细胞
都被春节占领
男人的肩膀
都被扛不完的思念占领
女人的高跟鞋
都被急促的牵挂占领
小孩子的眼睛
都被期盼占领
每个人都在努力地
寻找，属于自己的位置

火　车

每一寸肌肤
都被回家的目光
从上到下，从里到外
一遍又一遍地揉洗

长鸣的汽笛
承载着焦虑、激动地烘烤
在每一个人的心里
书写出巨大的感叹号
终于可以回家了

回　家

村前的那棵黄桷树
没了儿时的喧嚣
古老的青石板路
长满了年复一年的荒芜
那座老屋，守望着乡愁
期待着，家的温馨
再次抚摸

石　磨

一段旋转的光阴
被春夏秋冬
雕塑成一张
无声的唱片
遗忘在老屋的角落

一粒又一粒
黄色的乡愁
被风花雪月
打磨成思念的豆浆
流淌在故乡，希望的田野

除夕夜

和爆竹聊了一晚上
聊完思乡之情
又聊家长里短
聊完亲情、友情、爱情
又聊远行的离愁别绪
聊完央视春晚的雪花，又聊
新年的钟声
和门前桃树上的花蕾

江楼聆月

◎陈启春

心湖无波
水面琉璃滑
画舫
轻笼江月
无声漂移

帘卷柳絮动
箫惊孤鹜飞

春江岸边
芦芽探出妒忌的稚眼
偷觑

佳人扶住柔风
探出雕栏
听舷外画眉鸣唱

搂影照水
瞥见月儿鬓边
被谁偷偷插上
一枚
羞涩的桃花

山　魂

◎阿　度

沉淀了千年的魂
山一样的胸怀　笑看
缠绕了万年的枯藤　重生
守望微闭的笑眼
触及灵魂　消融前世今生

渐近
花开一般的宁静
却孕育着草根的力量
挣扎着前行
任凭惊涛骇浪翻腾
千年的屹立
早已历练出不朽的　坚定

再次相逢
手指如轻丝般拂过
瞬息静默　低语
万年的枯萎　千年的魂
温情演绎快乐篇章
在风中

石上柏

◎张　俭

一个偶然
光秃秃的石坝上抛落
马帮行人过往
把你踏入罅隙
尘土将你湮没
没有用呻吟诉说疼痛
没有以恐惧迎接黑暗
干涸窒息也不绝望放弃
你知道
自己是一粒种子

心中的希望一膨胀
就春风吹拂　春雨淅沥
种皮的束缚被撑破
生命的历程就开始
向下　再向下
冲出坚硬的包围
向上　再向上
同和煦的阳光拥抱
静谧中
你和大山各自默守心事

两百五十年
斧斤所赦　历劫不磨
你将自己站成了一道风景

一个铁骨铮铮的汉子
苍老遒劲　葳蕤傲立
黑黑的皱纹掩着悲怆的历史
百鸟朝拜　众生景仰
你淡然依旧
只把雷电风霜
刻入一圈圈年轮

写给女人的情书（组诗）

◎付克发

你说你不来打扰我

你说你不来打扰我
为何总有你的消息
传入我的耳朵
弄得我心神不宁
坐立不安
你伤心　我落泪
你高兴　我幸福

你说你不来打扰我
为何总看见你的倩影
在我的眼前晃动
扑朔迷离
捉摸不定
看得见　摸不着
留不住　抹不去

你说你不来打扰我
为何总有一条小鱼儿
闯进我的梦里
打乱我的心思
搅动我的神经
翻云覆雨
兴风作浪

就是因为有你

就是因为有你
风是轻的
雨是柔的
花是香的

就是因为有你
寂寞的时候不甘寂寞
孤独的时候不再孤独
痛苦的时候不再痛苦

就是因为有你
狂傲不羁的我
你就是绊脚石
绊倒后再将我扶起

就是因为有你
徘徊在十字路口
你是那沉默的路标
为我指明了前进的方向

就是因为有你
我才不会一错再错
悬崖勒马　金盆洗手
浪子回头金不换

就是因为有你
撕裂的伤口不再疼痛
你用爱为我消毒
你用心为我缝合

就是因为有你
给我埋下无数根支架
我将永远年轻
朝气蓬勃　活力四射

就是因为有你
在我最无助的时候
你就是那遥不可及的星辰
我又会扬帆起航

就是因为有你
不会再有雾霾
总是阳光灿烂
你是那永不凋谢的彩虹

我多想写首诗给你

我多想写首诗给你
可惜我没有太多的才华
将思念一点一滴串联起来
绕地球三周半
我把蓝天当稿笺
书写你的名字
从日出写到日暮
左一行思念
右一行爱情

汗水浸泡过的诗句
才有滋有味
我是那喜怒哀乐的标点

我多想写首诗给你
可惜我没有丰富的灵感
你的笑靥一遍遍地拾起
揉碎再拼起
拼起再揉碎
日复一日　年复一年
往伤口上撒盐
我花白的头发　冰凉的心
不祈求邂逅
破了一千次
碎了一万次
再多一次也无妨

我多想写首诗给你
可惜我没有诗人的激情
只有一点消耗殆尽的余晖
夜夜在你的窗前流连
不看那朵朵流星
不听那声声杜鹃
只想嗅嗅你馥郁的发香
只想听听你香甜的梦呓
只想看看你不老的容颜
只想依偎在你的身旁慢慢变老
你突然给我一个醉人的长吻
我从睡梦中笑醒

我多想写首诗给你
可惜我没有你的地址

电话打了无数遍总是忙音
只好等待奇迹出现

为了遇见你
我在佛前祈祷了五千年
你的倩影如日如星
你的眼睛似水柔情
你的笑靥甜蜜芬芳
藏匿在绿叶背后遮遮掩掩
开得最美的那一朵
是不是你

我多想写首诗给你
可惜我没有足够的勇气
向你表白
笨拙的诗句
悬挂在你必经的路旁
痴痴地张望
你渐行渐远的身影
不敢大声疾呼你的乳名
我的热情会灼伤你的心
如果有来世再续前缘
我向苍天再借一万年
你觉得够不够

写给女人的情诗

三月是你站立的日子
你打破枷锁　冲破牢笼
站到舞台的中央
你选择的是表演
而不是逃避
你跃上枝头

跟梅花争宠　跟桃花媲美
卧倒是座柔美逶迤的山峰
站立是棵婀娜多姿的大树
你撑起了半壁天空
小孩在树下嬉戏
老人在树下安详
男人在树下流连

三月是你扬眉吐气的日子
展现女性之美
飘逸的秀发
柔美的身段
漂亮的彩裙
你比樱花更灿烂
你比兰花更清香

有你更显牧草绿
有你天更蓝
你从厨房中走出来
不再为一日三餐犯愁
军营中有你英姿飒爽的倩影
工厂里有你妙手生花的杰作
广场上你是朵飘逸的花
稻田里任你挥毫泼墨
一行爱情　一行希望
旷野中你是一股奇异的风
吹拂一片　醉倒一片

三月是你展现魅力的日子
站起来　富起来　强起来
你仅仅用了半个多世纪

弘扬中国精神

展现中国魅力
凸显中国力量
一艘艘战舰扬帆起航
一架架飞机翱翔蓝天
一枚枚火箭整装待发
巾帼不让须眉
展现大国担当
有你中国更强大
有你世界更和谐
有你男人更阳光

你走了

你走了
风儿在地上打几个滚
也跟着走了
百灵鸟停止了歌唱
那朵彩云总是缥缥缈缈
迷失了方向
惆怅满地流淌
找不到出口释放

你走了
那朵玫瑰花就谢了
失血的花朵，无人问津
花儿到底为谁而开放
杜鹃鸟儿为谁歌唱
始终找不到答案
成了千古之谜

等待破译

你走了
山坡上的青草
青了又黄，黄了又青
谁在乎，风向哪边吹
草往哪边倒
颓废的种子又能怎样
苦苦等待发芽的日子
新的生命将脱颖而出

你走了
不再想你
违心的话说了一万遍
狂风夹着暴风雨席卷而来
将所有的思念摧毁
抓住唯一的救命稻草
将你的倩影打个死结
刻骨铭心

你走了
天空就不再晴朗
常常是夜雨绵绵
我的心降至冰点
在梦的边缘
你姗姗走来
你给我一个三千公里的长吻
我的心因此热血沸腾

让我陪着你

◎孙青山

你说你要去买一杯奶茶
走着走着就到了海边
这里比以前
海鸥更多了
贝壳更多了
想说喜欢你的勇气更多了

我成了你提鞋的男孩
这一刻你不再感到孤单
陪你嬉笑，陪你打闹

你走过的每一步
像土地里生出了小花
你的每一次微笑
像弹琴一样拨动我的心弦
路虽漫漫而遥远
但足以走到地老天荒

海浪一遍遍地拍打着海滩
赶跑了觅食的海鸥
我只想静静地听听你呼吸
像感受大海的美一样
去感受你未讲完的故事
这一刻
遇上你才知道人生的意义

月光照进了小窗
写这首诗已是夜晚
我又怎奈何得了这孤寂
待到拂晓之前
愿这一切都不要结束

被时光遗落的画面

◎龙晓初

霜降那天，院里的菊花正好开放
一片阳光从瓦缝落下来
点燃飞翔的昆虫和匆匆的尘土

花苞抱着枝丫，开花时只想开花
简单，纯粹，不说什么话
人们不关心他们打开多少朵，落下多少朵

秋天的光阴有时是荒凉的
老房子越来越冷，他们会记起儿时的家
墙上贴着奖状，无忧无虑哼着童谣的孩子

父亲那被日子砸弯的腰，牵着我的手
脚印踩落三行，或者两行
走过染着风霜的石板路
被时光遗落磨旧的画面，斜倚在夕阳里

单　车（组诗）

◎刘智强

孤独的单车

把寂寞留给烟卷
把孤独留给公路
在酷暑和严冬笼罩下
尽情地飞洒着汗水
听着车轮碾压路面的声音
呼吸着不一样的空气
抬头仰望不同的蓝天
就在那低头的一瞬间
早已忘记
此时　身在何方

战斗的赛车

任欢呼响彻耳边
任旗帜飘荡眼前
在山路与平地间相互追赶
努力释放青春和热血
胜利失败与我无关
就在冲刺的一瞬间
整个世界
都在　为我呐喊

单车的铁流

顶着头盔戴着眼镜
如果在我们头顶的上方拍摄
也许认不出谁是谁
宛如身在五颜六色的花丛间
却忘记自己已经化成了一朵花
行进的单车是一条五彩的河流
沿着公路这条干涸的河床
快速地流淌中翻滚的浪花
早已忘记
自己是哪一朵

裹满书香的小屋

◎李黄琼

1

清晨，微风匆忙路过校园
粉红的花儿，在碧绿的枝头
小心翼翼地抱紧心事

一群快乐的小鸟，爬上了三楼
脚步声凌乱，唤醒了
小屋的书香
窗边的绿萝，开始苏醒

我站在一排排书架前，犹如威武的将军
昂首挺胸的书本，就是挥手间的千军万马

2

屋子里，一双双稚嫩的手捧着书本
犹如捧起会发芽的梦
他们满足的神情
像极了农民凝视沉甸甸的麦穗

一双双小手，成为安静的舞者
托着一个个沉思的脸庞
渴盼的目光，牵起文字的衣衫
缓缓前行

热闹的操场上，有我们错过的

灿烂的阳光，和清脆的鸟鸣

3

美丽的灰姑娘，换上了闪亮的水晶鞋
穿过柳林的风声，吹皱了
河畔的那汪春水

一排排文字
在阅览室里奔跑
那些生动的符号来回穿梭、排列、组合
编织成诗歌、故事和夜空的繁星

这座裹满书香的小屋
把幼小的心灵照亮
那些温暖的语句
如同庄稼地里火红的高粱

母亲的节日

◎陈森炜

时光为我们刻上了又一个年轮，
阳光为我们照耀着下一个年月，
鲜花为我们点缀着一个个年龄，
母亲，
想起你，总是幸福甜蜜。

青春时我们不懂什么是母亲，
我们总是辜负着母亲的期望，
叛逆着母亲的意愿。
我们让母亲流过很多泪水，
也曾让母亲的眼睛里，
写满忧伤和失望。
当我们懂了这两个字的含义，
母亲，
终于走进了我们的心里。
母亲，
呵护着我们曾经精致而幼小的生命。

青春逝去时我们难免感到悲哀，
年轮增长，
我们总是寻找着掩盖它的办法。
我们这些长大的孩子啊，
在成长的同时，
证明着我们与母亲血浓于水的身份。
有一天，母亲老了，

逝去的青春无法找回，
母爱却在无尽地延续，
那爱延伸到每一个世纪，
每一个灵魂都感受着母亲的叮咛。
渴望每一天都是母亲的节日，
在节日里，
请相信，
母亲最美。

爱的闲想

◎朱姿瑾

1

我沉默了那么久
一月二月三月四月五月
再一个一年的十二月
有关你的我都选择守口如瓶

只是思念常常在风声里走漏
我曾借过秋天忧郁的名义给你写信
也一直站在春天的门口
这是三月我未对你说出口的秘密

2

我想用整个宇宙
换一颗叫你的红豆
我知道相聚离开都有时候
人生的分别不在这个
就在下一个路口

可是能否余生
也有那样一个时候
有那样一个你
让我相信细水长流
陪我用一生写就
诗经里的那首执子之手

3

我在黑夜里常常苦想
为年华里那些
逝去的花儿而悲伤
流下的泪儿
就那样打湿了我的衣裳

我会一直这样孤独吧
一生都这样孤独吗
我常常这样想

会不会待来年花草香
也有那样一个你来吻醒我
赶走我的所有彷徨
也吻走我的所有忧伤

会不会待来年冬雪落
也有那样一个你来牵着我
也那样微笑地走在大街上

会不会待来年寿命尽
也有那样一个你来伴着我
像爷爷永远依偎着奶奶那样
也静静地睡在我的坟墓旁